フィーナ
マリーベル

「ならばストレートに告白すればいいだろう」
「だ、だ、だから違うってば！」
サラサ
リル

「ん……んんっ……？」
目の前には女の子の顔。
えっと、これは――
僕と彼女の唇が、重なっていた。

ガチャ運ゼロの最強勇者

天草白

BRAVENOVEL
ブレイブ文庫

目　次

INDEX

第一章　勇者はSSRの夢を見る ……………………………………004

第二章　SSR武器「レーヴァテイン」と姫騎士 ……………049

第三章　SSR武器「フェイルノート」と女ガンマン ………092

第四章　SSR武器「カドゥケウス」と美少女僧侶 …………138

第五章　挑め、討伐戦 ……………………………………………183

第六章　勇者の戦い………………………………………………224

エピローグ　今日も勇者はSSRの夢を見る …………………250

あとがき……………………………………………………………254

第一章　勇者はSSRの夢を見る

この世界には『勇者』と呼ばれる存在がいる。

魔物を生み出し、世界にあらゆる恐怖をまき散らす邪悪な存在『魔王』に唯一立ち向かえる者たちの総称だ。

勇者は、一定期間ごとに地上に現れる神様が指名し、その対象は十代の少年少女に限られていた。

選ばれた勇者には『ガチャ』の能力が授けられる。

そして——村で平凡に暮らしていた十四歳の少年に過ぎなかった僕は、つい先ほど神様によって新たな勇者に選ばれたのだった。


僕、ジークは村はずれの丘の上で興奮を抑えられずにいた。目の前には、数メートル四方の石板が浮かんでいる。中央に透明な画面が、下部にはもう少し小さな画面と、ボタンのようなレリーフがついていていた。

これが『ガチャ』。勇者に選ばれた者にしか動かせない神の宝具だ。

一種の抽選器で、この中から様々な武具やアイテムが確率に応じて召喚される。石板の下部画面には、ガチャから出てくる武具の一部が表示されていた。色とりどりの剣や槍、盾、鎧——

いずれも『当たり』といえる『SSR《エスエスレア》』の武具だ。

といっても、ガチャを引けば必ずこれらが当たるわけじゃない。

過去の勇者たちの人海戦術によって割り出されたSSRの当選確率は……おおよそ1%。百回に一回の割合と考えると、そう簡単には引き当てられない。それでも『当たるかもしれない』と思っただけで、テンションは自然と上がっていった。

「いくぞ、記念すべき最初のガチャだ」

石版の中央にある、一メートル四方くらいのレリーフを軽く叩く《タップ》することでガチャを引くことができるのだ。

ああ、なんだか緊張してきた――

ドキドキとワクワクが入り交じった気持ちで胸が高まる。

ガチャから排出される武具やアイテムは、その威力や効力に応じてランク分けされている。

最上級のSSR《エスエスレア》からSR《スーパーレア》、R《レア》、N《ノーマル》までの四段階である。

特にSSR武具は、鍛えれば高位の魔族とも戦えるほど強力であり、すべての勇者の憧れとも言える。

「あれ……？」

ガチャを引こうとしたところで、僕はあることに気づいた。

「クリスタルの残数が表示されてない……？」

ガチャを引くには『クリスタル』というものが必要だ。

これは、モンスターの素材や魔法のアイテムなどを掛け合わせて作る神への捧げ物だった。

クリスタルを集めるには、たくさんのモンスターを討伐できるだけの力量が必要だし、魔法のアイテムなんかは高価だからお金もかかる。

それなりの手間を経て、やっとクリスタルが手に入るため、無尽蔵にガチャを引くことはできない。

ただし、僕みたいに最初の一回を引くときだけは、クリスタルなしで引くことができるそうだ。神様からの一種のサービスらしい。とはいえ、クリスタルの所持数自体が表示されていないのはおかしいな。

よく分からないけど、とりあえず引いてみるか。

「記念すべき初ガチャだ……！」

僕の手がレリーフに触れる直前、石板がまぶしい光を発した。同時に、何かが飛び出してきた。

それは武器でもアイテムでもなく、綺麗なピンクブロンドの女の子だった。

「えっ……!?」

「きゃあっ……!?」

驚いた僕の声に、見知らぬ女の子の悲鳴が重なる。

次の瞬間、唇の辺りに柔らかな何かが触れた。

「ん……んんっ……？」

目の前には女の子の顔。

えっと、これは――

僕と彼女の唇が、重なっていた。


「ひ、ひあぁぁぁっ……!?」

甲高い悲鳴を上げて、彼女は僕から離れた。

「え、う、嘘……やだ、なんてこと……恥ずかしい……」

顔を真っ赤にして唇を押さえている彼女。

ど、どうしよう……！

ガチャを引こうとしたら、飛び出してきた女の子とぶつかり、キスしてしまうなんて。

しかも僕にとってはファーストキス。唇が、そして体中が熱く火照っていた。

「キス……こ、これがキス……」

反応からすると、彼女の方も初めてかもしれない。

――なんてことを頭の片隅で考えつつ、僕は少女を見つめた。

肩までの桃色の髪が、かわいらしい顔立ちによく似合っている。

均整のとれた体つきに、白い衣と金色の装身具を身に付けていた。

この子は一体……？

「き、君って、何かのアイテム……のわけない、よね？」

僕はおそるおそるたずねた。

「あわわ……く、くくくく口づけをしてしまいました……生まれて、初めて……」

彼女はまだ顔を真っ赤にして呆然とした状態だ。

そんな態度に、さっきキスしてしまった記憶がぶり返す。

柔らかな唇の感触。

艶めいた吐息。

花のような香り。

胸が甘く高鳴るような、それでいて心の芯から癒されるような、不思議な気持ち――そんなことを考えていると、

「はっ、す、すみません、勇者様に自己紹介もできずにっ。これでは案内役《ナビゲーター》失格です」

彼女はようやく正気を取り戻したらしく、僕に頭を下げた。

「ナビゲーター……？」

「私、勇者様のナビゲーター役として天界から派遣されましたサラサと申します。以後、末永くよろしくお願いいたします」

地面に正座し、三つ指をついて頭を下げる彼女――サラサ。

「あ……どうも。僕はジーク。その、こちらこそよろしくお願いします」

サラサに合わせ、僕も地面に正座して一礼する。

「勇者にはナビゲーターなんているんだね」

「普通の勇者にはいないのですが、あなたのように固有能力《ユニークスキル》持ちにはナビゲーターがつくことになってるんです」

「ユニークスキル……？」

「今、勇者様のステータスをお見せしますね。ナビゲーションオン！」

サラサが呪文らしきものを唱えると、空中に文字が浮かび上がった。

ジーク
　クラス：勇者
　レベル：1
　　体力：15
　　魔力：20
　攻撃力：7
　防御力：9
　敏捷性：12
ユニークスキル：無料ガチャ（レベル1）
　勇者の所持スキル『ガチャ』をクリスタルの消費なしで引くことができる。
　代償として『クエストエピソード』をクリアする必要がある。
：？？？？？（レベル1）

：？？？？？（レベル1）

「これ……もしかして、僕の能力値なの？」

「ええ、私はすべての人間のステータスを数値化して表示する技能《スキル》を持ってるんです」

えっへんと胸を張ったサラサは、もう一度ステータスを見て首をかしげた。

「……あれ、なんでしょうこれ？　表示が『？？？？？』になっているスキルがありますね。こんなこと、養成学校では習わなかったのですが……」

ナビゲーターである彼女にも分からない項目があるのは気になるけど、とにかくこれが僕の能力なのか。

レベルが1になっているのは、勇者になったばかりだからかな。

「ん、無料ガチャ……？」

僕はユニークスキルの項目を見て、首をかしげた。

「その名の通りのスキルです」

と、サラサ。

「あなたの場合はユニークスキルによって無料でガチャを回せます」

「つまり、僕はガチャを回し放題ってこと？」

「はい」

サラサがこくんとうなずく。

＊＊＊

無料ガチャ。

それが僕が授かったユニークスキルらしい。

クリスタル消費がいらないってことは、いくらでもガチャを回せるってこと。

確率1％のSSRだろうと、無限に回し続ければいずれ引き当てられるはず。つまり、強い武具を手に入れ放題ってことだ。

「うおおお、めちゃくちゃ昂《たか》ぶってきた！」

僕は興奮の叫び声を上げた。

「ガンガン引いちゃいましょう！」

サラサも声を弾ませる。

「では、あらためて——ガチャを引くぞ！」

勇者になって生まれて初めてのガチャ。

しかも無限に引けるという話を聞いて、僕のテンションは最高潮だった。

「どきどきしますね～」

隣でサラサも嬉しそうな顔をしてくれている。

「ここに触れればいいんだよね？」

「ええ、軽く叩く《タップ》すれば、ガチャを一回引くことができます」

僕は言われた通り、石板の中央にあるレリーフをタップした。

ギィイイ……。

軋むような音がして、石板の中央部がまるで扉のように開く。

奥には漆黒の異空間が広がっていた。

と、その空間の中央に輝く宝珠が出現した。パキィン……と甲高い音を立てて、宝珠が粉々に割れる。

その中から――現れた。僕が初めてのガチャで引いたアイテムが。

手にしっくりと馴染む握り《グリップ》。

打撃に特化し、威力を倍加させるために太くなった先端部。

重すぎず、軽すぎず、持ち主の力をそのまま破壊力に変換できる絶妙のバランス配分。

そして、ほのかに香るひのきの芳香――

「……って、【ひのきの棒】だね。これ」

「……【ひのきの棒】、ですね」

僕とサラサは顔を見合わせた。

ひのきの棒――

N《ノーマル》に分類される武具である。

レアリティはN、R、SR、SSRというランク付けがされているが、要は最低ランクの武

具ということだ。

「うーん……」

ひのきの棒を手にして僕はうなった。見れば見るほど頼りない。さすがにこれで魔王軍と戦うのは厳しい。

「でもクリスタルを使わずに、無料でガチャを引き放題なんだよね。次いってみよう」

僕はウキウキ気分で次のガチャを引こうとタップした。

「次こそはSSRが当たるといいな」

「ですね」

僕とサラサはにっこりと顔を見合わせる。

一回や二回、N武器が出ようとどうってことはない。なにせ、僕は無料でガチャを引けるんだから。

……しーん。

「あれ？」

石板は無反応だった。

「あ、もしかしてタップする角度が悪いのかもしれません」

と、サラサ。

「じゃあ、もう一回……」

僕は手首の角度を変えて、再度タップした。

やっぱり無反応。

「うーん、接触が悪いのかもですね」

サラサが首をかしげる。

「えいっ」

全力で叩いてみたけど、反応なし。

「おかしいですね……天界の学校でガチャの操作方法は一通り習ったんですが……？」

天界？　サラサってそういう場所の住人なの？　そういえば、さっき『天界から派遣された』って言っていた気がするな……。

「あ、待ってください。追加情報があるようです！」

サラサが声を上げた。

「えっ？」

「マニュアルダウンロード！」

サラサの呪文とともに、ぽんと煙が上がった。空中から冊子が現れる。

それをパラパラと読みながら、サラサはふんふんとうなずいていた。

「何それ？」

「ガチャの取扱説明書です」

と、サラサ。

「ええと……『無料ガチャ』を引くには、まずこれを……ふむふむ……」

一通り読み終わったらしく、サラサは表紙に『図解で分かる！　勇者ガチャのすべて！　～ナビゲーター用教科書～』と書かれた本をパタンと閉じた。

「なるほど、分かりました！」

「それ、教科書って書いてあるんだけど……？」

「ナビゲーターですから！　私の知識はばっちりです！」

ドヤ顔で叫ぶサラサ。

……本当に分かってるんだろうか。

「無料ガチャを引くためには、『クエスト』をこなす必要があるようです」

「くえすと……なんだって？」

あ、そういえば、さっきのユニークスキルの説明にそんな言葉があった気がするぞ。

「ガチャは引けますが、それと引き換えにアイテムについている『持ち主の願い』を叶えないといけません！」

「クリアするとどうなるの？」

「次のガチャが引けます」

「クリアしなかったら？」

「引けません」

え、そうなの？　じゃあ『無料』っていっても、クリスタルを消費しないだけで、ガチャを引くためにはクエストを達成しなくちゃいけないってことか。

無制限にいくらでも引けるんだと思ってたので、ちょっと肩すかしだ。ガチャのたびにクエストをこなさなきゃいけないなら、連続で引きまくるっていうのは難しいな。

それでも普通の勇者みたいに、血の滲むような労力をかけてクリスタルを集めて、ガチャを回すよりはよっぽどマシだろうけど……。

「がんばってクエストクリアしましょうね、勇者様」

サラサがにっこりと笑った。

「私、全力でお手伝いしますからっ」

まあ、ものは考えようか。少なくとも、他の勇者よりはずっと易しい条件でガチャを引けるんだ。

……たぶん。

「そのクエストっていうのは、どうすればできるの？」

「ガチャで引いた武具が導いてくれます。行きましょう」

サラサに手を引かれ、僕は村に戻った。

ひのきの棒は彼女が持っている。

クエストに関わりのある人に近づくと、武具が反応するのだそうだ。で、その反応はナビゲーターであるサラサにしか感知できないのだとか。

しばらく村の中を歩いていると、

「あー、またRか。これじゃ駄目だな」

そんな声が前方から聞こえてきた。

広場に人影がある。

「ん、ジークか？」

振り返ったのは、僕と同い年くらいの一人の少年だった。

彼の名はマティアス。金髪碧眼《へきがん》のイケメンで高身長。立派な甲冑やマントを身に付けていて、いかにも勇者って感じの外見だ。

一年くらい前に勇者に選ばれた僕の幼なじみである。村近くの領主様の一人息子――つまり貴族の跡取りだった。

「お前も勇者に選ばれたんだって？　随分可愛いパーティメンバーを連れてるじゃないか」

マティアスと一緒にいるガッシリ体型の中年男がたずねた。

彼とパーティを組む戦士らしい。

「そういえば、近くの国が魔族の軍に攻められてるらしいな？　SSR武器でも引けば、大活躍のチャンスだぜ。お前も良い武器が引けるといいな」

「無理無理。魔王軍を率いる高位魔族はSSR持ちでさえ敵わないくらい強いらしいからな。こんな貧弱野郎が敵う相手じゃない」

中年戦士の言葉に、マティアスが嘲笑する。

「こんな貧弱野郎が敵う相手じゃない」

……わざわざ二回言わなくてもいいだろ。嫌味な口調にムッとなった。

「こんな貧じゃ……」

「三回も言わなくてもいいよ!?」

さすがにツッコむ僕。

「まあまあ、同じ勇者同士なんだろ？　仲良くしな」

と、なだめる中年戦士。見た目に反して優しいんだな。

「俺らだって、とても勝てない相手だしな」

「今はまだ武器がそろってないだけだ。勇者は装備する武器に応じて、そのステータスを上げられるからな。高レアリティの武器さえあれば、俺だって――」

マティアスが言い返す。こいつはとにかく鼻っ柱の強い性格なのだ。

「SR一本と残りはRやNばっかりだ。あーあ、もっと大量にガチャ引きたいところだが、クリスタルが足りないんだよなぁ……また集めてこないと」

めちゃめちゃ説明口調で言いながら、マティアスが背を向ける。

「こんな奴にかかわっている場合じゃないな。じゃあな、貧弱野郎」

「ガチャは修羅の道だぞ。ガチャに上限はない。SSRを引き当てるまで底なし沼だからな。がんばれ」

中年戦士は去り際に僕を気遣ってくれた。

「いや、それは違うな」

振り返ったマティアスが笑う。

「ＳＳＲを引き当てた後も、だ。強い武器が一本手に入っても、またその次が欲しくなる。しかも世の中にはもっと強いＬＲ《レジェンドレア》なんてのも――って、こいつと話してる時間が惜しいな。とにかく、行くぞ」

とにかく知っていることを説明したいらしいマティアスはふんと鼻を鳴らし、中年戦士とともに去っていった。

＊＊＊

「嫌味な人ですね。あんな言い方しなくても……」

彼らが去った後で、サラサが怒ったように口を尖らせた。

「まあ、根はいい奴なんだけどね」

「もう。勇者様はお人よしです」

なんて話しながら、僕とサラサは村の中を進む。

と――

「あら、ジーク。可愛い女の子を連れてるねぇ」

「お、彼女でもできたか？」

近所に住む中年夫婦が、僕らを見て冷やかした。

大きな荷車を引いている。

この人たちは運送業を営んでいるのだ。

「お似合いだねぇ。あたしたちの若いころを思い出すわぁ」

と、おばさん。

「ち、違います、そんなんじゃ……」

言いつつも、なんだか照れてしまう。

「彼女っ？　こ、恋人同士ということでしょうか、あわわ……」

隣でサラサが真っ赤にしていた。

「恋人……私と勇者様が……」

「サラサ？」

「や、やだ、私まだ心の準備が……それに、出会ったばかりですし……」

僕も恋愛経験なんてないに等しいけど、彼女はそれに輪をかけて初心《うぶ》みたいだった。

「あ、もしかして」

ふいにサラサが素に戻ったように顔を上げた。

「この人たちがエピソードの発生源ですね」

中年夫婦を見つめる。

「えっ、そうなの？」

「ひのきの棒が示しています。『彼らの願いを叶えよ』——と」

見れば、ひのきの棒がチカチカと淡い点滅光を放っていた。

「ナビゲーションオン！」

サラサが呪文を唱える。

次の瞬間、その光は空中に大きな窓《ウィンドウ》を描き出した。

クエスト内容：中年夫婦の手伝い（荷物運び）
クリア条件：一日以内に荷物を指定場所まで十個運ぶ

「荷物運び……？」

「そのひのきの棒の望みのようです」

「えぇ……なんの関係性があるんだ……？　とりあえず運送の仕事をこなせばいいんだよね？」

僕らは中年夫婦の元へ歩み寄った。

「その仕事、代わりにやらせてもらえませんか？」

「ん、どういうことだ」

訝《いぶか》るおじさんに、僕は言葉を詰まらせた。

うーん、どう説明しよう。

「えっと、勇者になったので、とりあえず鍛錬がてらにお手伝いできればと……」

僕は適当に誤魔化してしまった。正直、一から説明するのは面倒だったのだ。

「おお、それは感心だ」

「いやー、助かるねぇ」

嬉しそうな二人。というわけで、僕はサラサと二人で荷台に荷物を積みこみ始めた。

意外と物量が多く、一苦労だ。本当に鍛錬になるかもしれない。

「大丈夫、サラサ？」

女の子には重いかもしれないな、これ。

「はい〜！　私も勇者様と一緒にがんばりたいですから〜！」

笑顔で歯を食いしばり、プルプル震えながら荷物を運ぶサラサ。その気持ちに感謝しつつ、少しでも彼女の負担を減らそうと、なるべく重そうな荷物に手を伸ばす——

「あ……」

指先に柔らかな感触が当たった。サラサと手が触れてしまったのだ。

「ゆ、勇者様……」

ちょうど彼女もこちらを見ていて、急に気恥ずかしくなってしまう。

やっぱり、可愛い。しかも僕、この子とキスしたんだよな……。

「す、すみません……」

サラサも赤い顔で僕を見つめていた。

「あわわわ、やだ、思い出しちゃう……」

何やら照れているところを見ると、僕と似たようなことを考えたんだろうか。

「……先ほどは申し訳ありませんでした」

サラサがぽつりとつぶやき、頭を下げた。

「勇者様にあのような無礼なことを……」

言いながら、頬をかわいらしく染めるサラサ。

「もしかしてキスのこと……？」

「きゃー、はっきり言わないでくださいっ」

サラサはさらに顔を赤くしつつ、両手をぶんぶんと振った。

「また恥ずかしくなってきました……ふわぁ」

「ご、ごめん……」

っていうか、僕も照れくささがぶり返してきた。

「口づけなんて……生まれて初めてだったので……」

唇を押さえて真っ赤になるサラサ。

「実は僕も初めてで……」

言いながら、ますます恥ずかしくなってきた。

ちらりとサラサを見る。

間近で見ると、本当にかわいいな、この子。

気が付けば、サラサも僕をちらりと見ていた。

互いに見つめあっている状態だ。

「つ……！」

僕らは弾かれたように、同時に顔を逸らした。

駄目だ、まともに見つめあうこともできない――心臓がバクバクいって破裂しそうだ。

「おやおや、初々しいねぇ」

うわ、びっくりした!?

振り返ると、おじさんとおばさんがニヤニヤした顔で僕らを見ていた。

さっきのやり取り、全部見られてたんだろうか……。

「つ、続きしよっか？」

「きっ、キスのですか!?」

「あっ、いや、荷運びの……」

「は、はい、勇者様……」

僕らは照れ笑いしながら、作業を続行した。

＊＊＊

それから一時間ほどして、ようやくすべての荷物を積みこむことができた。

おじさんとおばさんはすごく感謝してくれて、

「はい、これお駄賃だよ」

「何言ってんだい。仕事をしたらちゃんと対価を受け取る。正当な報酬を得るのは、仕事をした人間の責任だよ」

「いえ、そんな――」

「じゃあ、ありがたくいただきます」

「こちらこそ、ありがとうね。そっちの彼女さんもね」

「へっ、か、彼女っ!? いえ、私は、そのっ」

たちまちサラサの顔が真っ赤になる。

「ふふふ、まだ恋人未満ってとこかい? まあ、がんばりな」

言って、おばちゃんは去っていった。ちょっと早とちり気味だけど、いい人だったな。

「……サラサ?」

「彼女……勇者様の、彼女……」

彼女は顔を真っ赤にしたまま、モジモジしていた。

……照れ屋さんらしい。

＊＊＊

「さっきはありがとう、サラサ」

「えっ」

「荷物運び、手伝ってくれたでしょ」

「私は勇者様のナビゲーター。相棒《パートナー》ですもの。あれくらいは当然です」

微笑むサラサ。健気でいい子だなぁ、と胸が熱くなった。

「とりあえず、ひのきの棒はアイテムボックスに入れておきましょう」

「アイテムボックス？」

ああ、そういえば勇者は、ガチャを引く能力に付随して、引いたものを収納できる能力も授かるんだっけ。

神様から勇者に選ばれ、ガチャの説明を受けたときのことを思い出す。

あのときは興奮して、説明もあんまり頭に入ってなかったからなぁ……。

サラサが改めて教えてくれるのは、すごく助かる。

「えっと、アイテムボックス召喚――でいいのかな？」

うろ覚えの記憶を引っ張り出しながら、呪文を唱えた。

ぼんっ、と白煙が上がり、足元に数メートル四方の箱が現れる。

これがアイテムボックスらしい。ふたを開けると、内部は極彩色の空間が広がっていたので、ひのきの棒を入れておいた。

もう一度呪文を唱えると、アイテムボックスはどこかの異空間に消えてしまった。

出し入れ自由みたいだ。これは便利。

「エピソードクリアしたので、次のガチャが引けますよ」

サラサが微笑む。

「よし、今度こそいい武器を手に入れるぞ」

僕は意気込んで拳を振り上げた。

どうか、いいものが当たりますように――

クリスタルの入手に比べれば簡単かもしれないけど、一回ガチャを引くごとに雑用をするなんて、やっぱり手間だからね。

僕はガチャ用の石板を召喚した。

サラサの説明《ナビゲーション》では、初回のガチャの後、この石板は念じればどこにでも現れるそうだ。

「見てください。今日の正午から一か月間は、SR以上の火属性武器が確率二倍って表示されてますよ」

サラサが石板の情報欄を指差した。

ここにはガチャで出てくるお勧め武器《ピックアップ》やアイテムが表示されていて、その内容は数日ごとに変わるのだ。

最初に見たときから数時間が過ぎ、表示が変わったらしい。

「お勧め武器としてピックアップされているのは、SSR武器『レーヴァテイン』……炎を発する高火力の剣です。これ、当たるといいですね。ちなみに性能はこんな感じです……ナビゲーションオン」

サラサが呪文を唱えると、空中に文字が浮かび上がった。

レーヴァテイン
　レア度：SSR
　　種類：剣
　攻撃力：3500
　　魔力：700
特殊効果：火属性が弱点の敵に、通常の三倍のダメージを与える。

「よさそうだね。デザインもかっこいいし」

サラサの言葉にうなずく僕。

ちなみに、最初に引き当てたひのきの棒は攻撃力たったの5である。

NとSSRの格差恐るべし。

「SSR武器には使い勝手のよさそうなものがいくつもありますよ」

「そうだね、せめてSRでも当たればなぁ」

願いを込めつつ、石板の中央にあるレリーフをタップ。

ギィイ……。

石板が扉のように開き、その奥の異空間で宝珠が弾けた。そして、一つの武具が出現する——

リーチが長く、剣よりも遠距離の敵を攻撃できる長柄。

素材は軽く、取り回しやすい。先端部には無数のブラシがついていて——

「……【デッキブラシ】だよね、これ……絶対に掃除が捗るよね」

「……【デッキブラシ】ですね…………N武器です」

「武器なの？　これ武器じゃないよね!?」

まあ、そう簡単にSSR武器なんて引けないよね。

分かってたよ、うん、分かってた。き、期待なんかしてないんだからねっ。

「勇者様、お気を落とさずに……」

サラサが慰めてくれた。

ぴろりーん。どこかから音が響く。

「あ、スキルを習得しましたね。さっきのクエストのおかげだと思います」

サラサが嬉しそうに言った。

「え、強くなったの、僕？」

「勇者が成長する方法は大別して二つです。まず、強い武器や防具を装備すること。これによって攻撃力や防御力が上昇します」

ナビゲーターらしくサラサが説明モードに入った。

「そしてもう一つは経験値。経験を積むことで、能力がレベルアップしたり、あるいは新たなスキルを覚えたりするんです。今、ステータスを確認しますね」

言って、呪文を唱えるサラサ。

「ナビゲーションオン」

　僕の能力値が再び示される。

　数字などはさっきと変わらないけど、最後に一つ項目が付け足されていた。

所持スキル：家事（レベル1）

　炊事や洗濯など家事能力全般が向上する。

「勇者と、なんの関係もないスキルなんだけど!?」

　さっきの荷物運びが関係しているんだろうか……。

　剣を扱えば剣術スキルが、魔法を使えば魔法スキルが上がる、というような話は聞いているけど——家事スキルとは、ね。

「……ま、まあ、家事が得意な男性っていいと思いますよ、私」

「……そ、そうかな、あははは」

　顔を引きつらせて笑い合う僕とサラサだった。

　僕が引き当てたのは『銭湯のデッキブラシ（N）』。リーチが長く、遠い範囲の敵にも届く長柄武器だ。

　……いや、武器っていっていいのかな、これ。攻撃力は最低レベルだし、耐久性も低いからすぐ折れるし。

で、課されたクエストは『近所の風呂掃除』だった。

風呂掃除を済ませて、次のガチャを引く。

引き当てたのは『酒屋の酒瓶（N）』。

武器としての性能は――まあ、お察しレベルだよね。クエストは『酒の宅配』など、お店の仕事の手伝いだった。

「がんばりましょうね、勇者様っ」

と、サラサがまた励ましてくれる。

本当、健気でいい子だなぁ。

クエストをパパッと終わらせて、次にガチャを引くとまたN武器。

うん、知ってた。

そして次もN武器。

さらに次も――

＊＊＊

ジーク　クラス：勇者

レベル：1
体力：15
魔力：20
攻撃力：7
防御力：9
敏捷性：12
ユニークスキル：無料ガチャ（レベル1）
　勇者の所持スキル『ガチャ』をクリスタルの消費なしで引くことができる特殊能力。代償として『クエストエピソード』をクリアする必要がある。
　所持スキル：家事（レベル3）
　炊事や洗濯など家事能力全般が向上する。

二週間ほど経っただろうか。僕の家事スキルは3まで上がっていた。

一方でモンスターとの戦闘のような勇者っぽい経験はゼロなので、基本ステータスはまったく変わらず。

うーん、いいのかなぁ、これで。

ちなみに、その間に引いたのはすべてNランクの武器やアイテムばかり。

もう五十連続くらいかな……。

もうそろそろ、Rくらいは当たってもいいと思うんだけど。

「そうですね、そろそろ当たってもいいかと！」

サラサが力説した。

「大丈夫です。『ガチャは当たるまで引けば、１００％当たる』って天界で聞きましたよ！」

「なるほど、確かに……ん？」

納得しかけたところで、ふと首をかしげる。それ当たり前のことなんじゃ……？　と思ったけど、ドヤ顔のサラサを見ていたらどうでも良くなった。まぁ、いいか。

ちなみにR以上の武器やアイテムを引くと、それらに想いを込めた人物が召喚されることもあるそうだ。クエストの依頼主が向こうからやってくるということらしい。

課せられたクエストを達成すると、その人物と勇者——つまり僕は、魂レベルで深く結ばれ合った存在になる。要は、強い絆で結ばれた『仲間』になれるってことだ。

今のところ、そういう仲間はゼロだけど……。

いつか、僕にもそういう『仲間』が現れるんだろうか。

勇者としてパーティを組める日が来るんだろうか——

＊＊＊

それからも僕はクエストをこなしてはガチャを引いた。

たとえば、直近十回分の成果はこんな感じだ。

一回目——ひのきの棒（N）
二回目——ひのきの棒（N）
三回目——ひのきの棒（N）
四回目——ひのきの棒（N）
五回目——鉄の鍋蓋（N）
六回目——銭湯のデッキブラシ（N）
七回目——ひのきの棒（N）
八回目——革のグローブ（N）
九回目——ひのきの棒（N）
十回目——薬草（N）

……って、あらためて振り返ると、ひのきの棒多くない!?　ガチャってけっこう出てくるものが偏るのかな。

＊＊＊

勇者に選ばれてから一年が過ぎた。

僕はガチャを引いては雑用——いや、エピソードをクリアし、またガチャを引き、そして家事を——という毎日の繰り返し。

簡単なエピソードなら一時間足らずでクリアできるから、とにかく数だけはこなすことができるようになった。

ちなみに、その間に引いた主な武具やアイテムを羅列する。

【武具】
ひのきの棒（N）……………５３４本
銭湯のデッキブラシ（N）………２０７本
革のグローブ（N）……………３７１個
鉄の鍋蓋（N）………………１６０個
ハンドタオル（N）……………１５９枚
Lサイズの団扇《うちわ》（N）…………１０３本
鋼の長剣（R）………………２本
十字槍（R）…………………１本

【アイテム】
薬草（N）……………………３９０本

毒消し草（N）………………………　222本
天使の加護（R）…………………　4個

「はい、お待たせ」

僕は出来上がった料理をトレイに乗せて持っていった。テーブルにはサラサと近所の奥様方が数人座っている。

「わー、すごい！　お弁当美味しい！」

「えへへ、どういたしまして」

「すごいですね。やっぱり勇者様の手料理は最高です」

サラサがはしゃぐ。

「『料理を作って振る舞う』っていうのは、割と定番クエストだからね」

僕はにっこりと笑った。

さすがに一年もガチャを回し続けていると、もう手慣れたものだ。

今や僕の家事スキルレベルは70を超えている。料理なんてプロも顔負けのレベル。もちろん掃除や洗濯など、他の家事も軒並み達人クラスだ。

すごいぞ、僕！

……うん、勇者の技能《スキル》とはなんの関係もないよね。


……SSRドコー？

「これでクエストクリア、っと。さあ、次のガチャを回すぞ」

石板を召喚して、タップ。現れた武器は、

「……ひのきの棒ですね」

「そのうち所持数MAX《カンスト》するんじゃないかな……」

もしかしたら、僕は世界で一番たくさん『ひのきの棒』を所持している勇者になれるかもしれないな。っていうか、もうなっているかもしれない。

……全然、嬉しくなかった。

＊＊＊

今日一発目のガチャで出たのは『使いこまれた鉄鍋（R）』。そのクエストは、近所の食堂で料理を振る舞うこと。

「うん、鍋シリーズはだいたい料理絡みなんだよね。僕知ってる」

で、得意の家事スキルを生かして、三品ほど作ってみた。

ありふれた食材にしてはなかなかの出来栄えだったと思う。ちょっとした豪華ランチだね。

我ながら見た目も美味しそうだし、香りもいい。満足の出来栄えだ。

「ごちそうさまでした、ジークくん」

「ありがとう、美味しかったわ」

お勘定を済ませ、満足げに去っていく奥さま方。まあ、憧れていた勇者とは違うけど、こういうのも悪くないかもしれない。

人には天分というものがある。……僕に向いているのは、魔物退治とかじゃなくて、こういうことなのかな？

とはいえ、本来の勇者――つまり魔と戦い、人々を守る存在というものへの憧れが消えたわけじゃない。

諦めたわけでも、ない。

＊＊＊

村はずれの山の中腹で、僕らは小休止を取っていた。

「今日もおつかれさまです、勇者様」

「ありがとう、サラサ」

寝そべった僕の背中を、サラサがマッサージしてくれている。

この一年で家事スキルは飛躍的にレベルアップしたけれど、戦闘経験がほぼゼロのせいで基礎ステータスはほとんど横ばいだ。

今日も、料理自体はともかく、その素材を集めに山の中を駆け回っているから、全身筋肉痛になりそうだった。

「今度は僕がやるよ」

「あ、お願いします～」

選手交代で、僕が寝そべったサラサをマッサージ。ひのきの棒を使って的確にツボを押す。

「あ……ひあぁんっ」

サラサが小さく声を上げた。

「ごめん、くすぐったかった？」

「え、ええ、少し」

「もうちょっと強く押した方がいいかな」

「ん……気持ちいい、です……ふぁ……」

喘《あえ》ぐサラサの声が妙に艶っぽい。思わずドキッとしてしまった。

「？　勇者様、どうかしました？」

「い、いや、なんでもないんだ……」

僕はドキドキしつつ、マッサージを続行する。

「すっかりこういう生活も慣れましたね」

寝そべったままサラサが言った。

「勇者っていうより家事代行業だね、僕ら」

「私は楽しいです。色々な人たちの笑顔を見ることができて。この村の人たちは温かくて、好きです」

「うん、僕も好きだ」

魔王の軍勢と戦い、世界を救う勇者——そんな華々しい存在に憧れていたけれど。今の生活も、決して悪いものじゃない。

このままN武器やアイテムばっかり引いて、その度にちょっとした仕事をして、笑顔になったり感謝されたり……そんな生活もいいかもしれないな。

「……いつもありがとう」

「えっ？」

礼を言った僕に、サラサがキョトンとした顔をする。

「僕、勇者らしいことは全然できてないし、サラサもナビゲーターとして張り合いがないだろうに、文句ひとつ言わずに付き合ってくれて」

「もう、何を言うんですか」

サラサが体を起こした。

「私、あなたの元に召喚されてよかったと思っています。戦うだけが勇者の仕事じゃありません。人々を笑顔にすることも大切な使命」

「人々を、笑顔に……」

「今日もあなたのおかげで、何人もの人が喜んでいました。勇者様ががんばったからですよ」

「そっか……」

なんだかサラサの言葉を聞いていると、勇気づけられる。

「ありがとう、サラサ」

「何度もお礼を言わないでください。照れちゃいます」

ふふ、と彼女がはにかむ。

「あ、それと『僕が』がんばったからじゃないよ。『僕らが』だろ」

僕は補足しておいた。

「勇者様……」

サラサの笑みが深まった。嬉しそうに目を細めている。

「よし、マッサージ終わり」

「ありがとうございました。やっぱり勇者様のツボ押しは絶品ですね。これ専門でも食べていけますよ、絶対」

ツボ押し専門の勇者……世界初かもしれない。

「それと、先ほどの『使いこまれた鉄鍋』が勇者様の所有物として正式に認定されてますね。渡すのを忘れてました、えへ」

と、舌を出すサラサ。

「ここのところ毎日ひのきの棒だったからね。忘れるのも無理ないよ」

苦笑交じりに受け取る僕。

「ついでに合成しておくよ」

と、アイテムボックスから、ひのきの棒を取り出す。こっちは今までのものを『合成』したやつだ。最近、色が微妙に黒く変色してるのは、たくさん合成した影響か何かだろうか？

ちなみに、ガチャから引き当てた武具やアイテムは、同じ種類のものと合成することで少しだけ性能がアップする。

といっても、N武器を十個や二十個くらい合成しても、ＳＳＲ武器なんかには遠く遠く及ばない。

ある程度の数を合成した武器はクリスタルに変換できるため、ほとんどの勇者は交換を選んでいる。

ただ僕の場合、無料ガチャの能力のおかげでクリスタルを必要としない。

かといって、せっかく引いたものを捨てるのも忍びないので、いちおうこうやって合成しているわけだ。

まあ、たとえ百や二百合成したところで、N武器は大した強さにはならないだろうけど——

＊＊＊

そして——さらに二年が経った。

僕は十七歳になっていた。

勇者になってから三年、あれから背も少し伸び、体力もついたように思う。確実に大人の体格に近づいている。

……相変わらず家事代行を延々とやっているせいで、自然と鍛えられたのかもしれない。荷物運びなんかは、けっこういい鍛錬になるしね。

サラサも僕と一緒にそういった仕事を手伝ってくれる毎日だ。文句ひとつ言わず、毎日楽しそうに。

本当に、彼女には頭が上がらない。感謝の気持ちしかない。

「どうかしましたか、勇者様？」

「いや、いつも感謝してるよ、サラサ」

「っ……!?　も、もうっ、急にあらたまって、なんですか」

サラサが頬を赤らめた。

「……私の方こそ。あなたと一緒に入られて、いつも幸せです」

「えっ？」

「い、いえ、なんでもありませんっ」

ますます赤くなるサラサ。もしかして風邪でも引いたんだろうか。

「そういえば、今日はエプロン姿なんだね」

サラサはいつもの白い衣にオレンジ色のエプロンをつけている。

「似合うね」

三年も彼女と一緒にいるせいか、そういう台詞が自然と口を突いて出る。

「あ、え、えっと、ありがとうございます」

サラサが顔を赤くした。

「えへへ、最近は食器洗いが続いたので作ってみたんです」

「そろそろ子守り関係のクエストが来るんじゃないかな」

僕は自分の予測を述べ立てる。

「あら、今の流れだとしばらくは洗い物か料理系だと思いますよ？」

一度ガチャを引くと、その武器やアイテムに付随したクエストを達成しないと、次のガチャを引くことができない。

今までほとんどN武器やアイテムしか引いてないし、今後もSSRなんてとても引ける気がしない。なので、僕は半ば諦めモードだ。

こうやってガチャを引いた後のクエスト内容をサラサと二人で予想して、楽しむような境地に至っていた。

「さあ、今日のガチャは何が出るかな？」

ガチャ石板を召喚し、中央をタップ。

「がんばりましょうね、勇者様」

もはや定例になったセリフにうなずく僕。

次の瞬間、前方から虹色の光があふれた。

「なんだ――!?」

いつもとはエフェクトがまったく違う。

爆発するような閃光。弾け散る、無数の派手なスパーク。

その中心部に——巨大な剣が浮かび上がる。

紅蓮の炎をまとった美しい剣が。

「まさか……!?」

僕の声はカラカラに乾いていた。

とっくに諦めていたのに。ありえない、って思っていたのに。

「この神々しさ……荘厳さ……間違いありません……！」

サラサも呆然とした面持ちだ。

「SSR武器『レーヴァテイン』——ですね」

告げるサラサ。

「これが——SSR武器」

胸が熱く高鳴る。

苦節三年。ついに僕もSSRを引き当てたんだ。

思えば、長い苦闘の日々だった。クエストをこなしてはN武器を引き、またクエストをこなしてはN武器を引き、さらにN武器を引いてはN武器を引き——って、N武器を引いた記憶ばっかりだ!!

……まあ、実際にほとんどがN武器だったんだけどさ。うう、なんか泣けてきた。

「長かったなぁ」

「長かったですね」

サラサも涙ぐんでいる。

僕らは自然と抱き合い、歓喜の声を上げた。すると、

キュイィィィィィィィィィィィィィイン！


甲高い音とともに、まばゆい白光があふれた。

「これは――『仲間』の召喚!?」

声を上げるサラサ。

「えっ、それって――」

たずねようとしたとき、前方の空間が大きく歪み、そこから人影が現れた。

美しい金色の髪をツインテールにした、勝ち気そうな少女。

小柄な体に、動きやすそうな赤い衣装。

「あたしの国を救って、勇者様！」

彼女は僕をまっすぐに見据え、叫んだ。


苦節三年、いよいよ僕の冒険が始まろうとしていた――

第二章　SSR武器『レーヴァテイン』と姫騎士

「へえ、勇者が武器を引くと、こうやって召喚されるのね……」

女の子は物珍しそうに周囲をきょろきょろしていた。

美しい金色の髪をツインテールにしていて、勝ち気そうな美貌によく似合っている。

小柄な体に赤いワンピース風の服装。

年齢は僕より二つくらいは年下――十五歳くらいだろうか。

「あ、はじめまして、勇者。あたしはフィーナ・ラクリス。ラクリス王国の第一王女よ」

つまりお姫様ってことか。

「僕はジークです。彼女はナビゲーターのサラサ」

「よろしくお願いします」

自己紹介を返す僕とサラサ。

「国を救って、とはどういうことですか、フィーナ様？」

「公式の場じゃないしフィーナでいいわ。敬語もいらない。堅苦しいのは苦手なの。あたしもあなたのことを『ジークくん』って呼ばせてもらうわね」

と、フィーナ姫――じゃなかった、フィーナが言った。

「ラクリス王国は今、魔王軍の侵攻を受けているの」

「魔王軍の……」

「国を守る騎士団や魔法使い部隊は、魔王軍の前に壊滅状態。すでに国土の九割以上は魔の勢力によって占拠されたわ」

ラクリス王国。ここから三つほど国を隔てた場所にある、北方の大国だ。確か魔王軍の大々的な侵略を受け、戦争中だって聞いていたけど――

「SSR武具を持つ勇者が何人も挑んだけど、魔王軍の幹部『ディガルア』の前にはとても敵わなくて……」

フィーナは悲痛な表情で顔を伏せた。

SSR武具――最高峰の武器を持つ勇者たちでさえ敵わないのか。きっと、めちゃくちゃ強いんだろうな……。

「突然こんなことを頼んでごめんなさい。だけど、あたしにはもう頼る人がいない」

フィーナは僕の前に深々と頭を下げた。

「あたしにできることなら何でもします。どうか国を救ってください、勇者様……っ！」

僕は静かに彼女を見つめた。

震える両肩はか細く、はかなげだ。凶悪な魔族に国を滅ぼされようとしている、その恐怖や不安を体現して。

――弱気になっちゃいけない。

僕は覚悟を決めた。

「頭を上げて、フィーナ」

微笑んで、促す。

「ジークくん……？」

「僕にどこまでできるか分からないけど、やれるだけやってみるよ」

――そう、勇者として。

「だって、そのために僕は神様から力を授かったんだ」

「それでこそ、勇者様ですっ」

サラサが嬉しそうに叫んだ。

「全力でサポートします。私の命に代えても、あなたを守ってみせますので」

「何言ってるんだ」

僕は静かに首を振る。

「誰かを犠牲になんてしない。みんなで生きて帰ろう」

「ありがとう、ジークくんっ」

フィーナが嬉しそうに言って、僕に抱きついてきた。

柔らかな体の感触にドキドキする。

それに、あの、胸、思いっきり当たってるんですけど……。

年下にしては随分と豊かな感触が、僕の胸板にむぎゅうっと押しつけられていた。

「他にも勇者たちを当たったけど、誰も引き受けてくれなくて――ありがとう、本当に……」

その声にはわずかな嗚咽が混じっていた。小さな肩が震えている。

「フィーナ……」

きっと今まで不安だったんだろうな。

僕には強力な武器もアイテムもないけど、何かの力にはきっとなれるはずだ。いや、なってみせる。

その思いを込めて、フィーナを抱きしめる。

しばらくの間、僕らはそうやって身を寄せ合い――

「あ……ご、ごめんなさい。あたしったら、いきなり抱きついちゃって……えへへ、はしたないよね、こんなの」

「少しは落ち着いた、フィーナ？」

急に恥じらい出した彼女に、僕はにっこりと微笑んだ。

女の子に対して多少は余裕をもって接することができるのも、三年間サラサと一緒に過ごしたからかな。

昔の僕だったら、いきなりこんな美少女に抱きつかれたら、あたふたするばかりだったと思う。いや、まあ、内心ではドギマギしてるんだけどさ。少なくとも表面上の態度には、それを出さすに済んでいた。

「もう大丈夫よ。なんだか君と話してると勇気づけられるね。さっすが勇者様」

フィーナが屈託のない笑みを浮かべると、

「……なんだかいい雰囲気になってますね」

サラサがぽつりとつぶやいた。

「えっ？」

「……いくら彼女が可愛いからって、あんまりデレデレしないでくださいね」

サラサがジト目で僕を見た。

「相手は強大な魔族なんですから！」

「……なんか怒ってない、サラサ？」

さっきは僕を勇気づけてくれたのに。

「怒ってませんっ！」

ぷうっと頬を膨らませるサラサ。

やっぱり怒ってるじゃないか……。

「では、クエストのための『扉』を召喚しますね……ぷいっ」

「ぷいって……ん、扉？」

彼女の不機嫌な態度を訝《いぶか》しみつつ、たずねる僕。

「SSR武器のクエストは特別なんです。今までのような雑用ではなく——」

サラサが前方を指差す。

そこに光が集まり、巨大な扉が出現した。

「この扉を通った先に、クエストの目的地があります」

荘厳な扉は、これから行うクエストの困難度を示しているかのようだ。

緊張感が一気に高まった。

「そういえば、フィーナのクエスト内容は？」

僕の固有能力《ユニークスキル》――『無料ガチャ』には発動のための条件がある。

それが『クエスト』を達成すること。

無料ガチャで引いた武器やアイテムには『持ち主の願い』が込められており、それを『クエスト』という形で叶えることで正式な所有権を得られるのだ。

同時に、次の無料ガチャを引くことができるようになる。

「『仲間』が得られるタイプの武器の場合、その仲間となる人物が自由にクエスト内容を指定できるんです」

説明するサラサ。

「なので、今回の場合は『ラクリス王国を救うこと』がそのままクエスト内容となります」

「なるほど」

――って、今までのNやRとは達成難度が全然違うな。

まあ、どっちにせよフィーナの願いを無碍《むげ》にはしたくない。がんばらなきゃ。

「達成できた際には、SSR武具を得られる上に、召喚された人物と魂レベルで絆が結ばれた『仲間』になれます」

「仲間……」

つまりフィーナと、か。そしてSSR武具『レーヴァテイン』の正式な所有権も同時に得られるわけだ。何よりも、国が滅亡の危機に瀕しているフィーナの悲痛な様子を見たら、放っておけるわけがない。

僕が勇者として初めて迎える、本格的な戦い――

やるぞ。絶対に勝って、フィーナの国を救ってみせる。

＊＊＊

扉の先は、ラクリス王国の領土だった。

サラサの話では、一種の空間転移装置になっているそうだ。クエストの内容によっては、扉が通じている先が未開の秘境だったり、天界や魔界のような異世界の場合もあるんだとか。

「フィーナ様！　こちらにいらっしゃいましたか！」

背後から黒いマントを纏った男に呼び止められた。

「うむ。勇者を連れて参った」

どうやら男はフィーナの御者らしい。

扉から出た場所は王都から少し離れた場所だったので、フィーナが召喚される前に乗っていたという馬車に乗り込み、王都を目指す。

＊＊＊

僕たちは三人で馬車に乗り、ラクリス王城へと向かっていた。

「やっとSSR武器が手に入ったんだ」

感慨深くつぶやく。

刀身も柄も、すべてが輝く真紅に彩られた長剣——レーヴァテイン。

手にしただけで、体中に力がみなぎるようだ。

「これがSSR武器——」

ずっと憧れだった最強クラスの武具を手に、僕はにっこりと笑った。

やっとこれで本当の意味で勇者になれた気がする。それに勇者は高レアリティの武器を装備すると、攻撃力が飛躍的にアップする。今までとは段違いの強さになるはずだ。

「うわぁ、ワクワクしてきた」

「あの、勇者様、申し上げにくいのですが」

サラサが遠慮がちに言った。

「その武器は基本的にフィーナさんのものですので……」

「えっ？」

「ガチャで出てくる武器には二種類あるんです。引き当てることで、『武器』そのものが手に入るもの。もう一つは『武器』の持ち主を『仲間』として得られるものの二つが」

サラサが説明する。

「今回の『レーヴァテイン』は、フィーナさんが召喚されたことでも分かるように後者になります。そしてその場合、引き当てた武器の所有権はその『仲間』のものになるんです」

「じゃあ、これはフィーナの武器ってことか……」

うーん、残念だけど仕方ない。

SSR武器を装備してパワーアップっていう夢は次に持ち越しだ。次こそは前者のパターンでSSR武器を引けたらいいなぁ。

なんて思いながら、僕はレーヴァテインを彼女に渡した。

「ありがとう。使いこなしてみせるわっ」

受け取った剣を構えてみせるフィーナ。

うん、確かに様になっている。

やっぱり僕よりも彼女こそがこの剣の主にふさわしいんだろう。

＊＊＊

「ここがラクリスの王都よ」

フィーナの声には疲れが見えた。

道中、破壊された町並みを見てきたせいだろう。どの町も魔族の攻勢による爪痕が大きく刻まれていた。

ちなみに、ときどき現れた魔王軍は、フィーナがその剣でなぎ倒していった。はっきり言って、めちゃくちゃ強い。さすがにＳＳＲ武器で召喚された剣士だけはある。

なにせ、サラサが表示した彼女のステータスは、

フィーナ
　クラス：騎士
　レベル：２６
　体力：３８０
　魔力：０
　攻撃力：５１０
　防御力：３９０
　敏捷性：２６０
　所持スキル：騎士の剣技（レベル５１）
　　卓越した剣の技を振るう。
　：士気の鼓舞（レベル３９）
　　カリスマ性により一定範囲の兵の士気を向上。効果時間は二時間。

一方の僕はといえば、手持ちで最強のSR武器を装備した状態で、

ジーク
　クラス：勇者
　レベル：5
　　体力：55
　　魔力：60
　攻撃力：39
　防御力：27
　敏捷性：24
ユニークスキル：無料ガチャ（レベル1）
　勇者の所持スキル『ガチャ』をクリスタルの消費なしで引くことができる特殊能力。代償として『クエストエピソード』をクリアする必要がある。
　所持スキル：家事（レベル73）
　炊事や洗濯など家事能力全般が向上する。

……うん、フィーナの方が段違いに強いよね。所持スキルも、僕と違って戦闘向けの強そうなやつだ。

一方の僕は、家事スキルだけ突出して高いのが哀愁を誘う。

「どうかしたの、ジークくん？　さっきから、あたしをジッと見て」

「いや、フィーナって強いんだな、って」

「ええ、道すがら現れた魔族もほとんど一人で倒してましたよね」

と、サラサも同意する。

「子どものころから、剣ばっかり振っていたの。王女らしくないって、周りからは止められたけどね」

ふふ、と悪戯っぽく笑うフィーナ。

「堅苦しい政務より、あたしは剣を振ったり、冒険したりっていう方が、性に合っているみたい」

確かに活発な感じだもんな。

「ジークくんとサラサちゃんがうらやましいな」

フィーナがぽつりとつぶやいた。

「君たちは何物にも縛られずに、思いのままに世界中を旅することだってできるのよね。あたしは——国に縛られて生きるしかないから」

と、

その横顔には憂いの色が濃い。王女様っていうのも、色々大変なんだろうか。

「見えたわ。あれよ」

小高い丘の上にある白亜の城を指差すフィーナ。

「ラクリス王城――まだ無事みたいね」

＊＊＊

王城に着くと、大臣たちが出迎えてくれた。

「おお、姫さま！」

「突然、姿を消して、一体どこに……心配しましたぞ」

「勇者に召喚されたのよ。そして――来てもらったわ。この国を解放してくれる方に」

フィーナが僕に向かって微笑む。

「では、あなたが勇者様！」

「よくぞ来てくださいました！」

一斉に声を上げる大臣たち。

が、すぐに表情を曇らせ。

「……あまり強そうではありませんな」

彼らの目はどこか疑わしそうだ。

確かに、僕の戦闘能力は常人と大して変わらないからね。その見立てはおおむね正しい。

家事スキルなら自信があるんだけどね！　なにせレベル７０台だからね！

「魔族との戦いに家事スキルは関係ないです、勇者様」

僕の内心の叫びに、小声でツッコミを入れてくれるサラサ。

「やっぱり勇者らしいスキルを磨きたいなぁ」

「ふふ、家事のできる勇者様も素敵だと思いますよ」

言って、サラサは急に顔を赤らめた。

「あ、その、素敵っていうのは、えっと変な意味ではなく、つまり勇者といっても戦闘以外にそういう技能を持っていてもいいというか、家庭的な男性というのも魅力的というか、あ、いえ、私の好みの話なんてしてないですよね、すみません……」

あたふたと恥ずかしがるサラサ。

何を照れているのかよく分からないけど、褒められているみたいだから礼を言っておく。

「さっそくですが、勇者様」

と、大臣の一人が進み出た。

「王都の東方面から魔族が侵攻しています。現在数名の勇者が防衛ラインを構築しておりますが、戦況は劣勢とのこと」

「じゃあ、あたしたちも加勢しなきゃね」

「ひ、姫さまが自ら、ですか⁉」

驚く大臣を、フィーナはキッとにらんだ。

「今は国家存亡の危機。王女として、あたしは命を懸けてこの国を守るわ」

そう宣言した彼女からは強烈なお姫様オーラが立ち上っていた。凛々しく、美しく、そして格好いい。

「行きましょう、ジークくん、サラサちゃん」

僕とサラサは力強くうなずいた。

＊＊＊

僕たちは魔王軍と王国軍が戦っている最前線までやって来た。

広大な森林の向こうから進軍する魔族やモンスターの大群を、騎士や魔法使いたちが迎え撃っている。その中には見知った顔もいた。

「よう、ジークか。久しぶりだな」

金髪碧眼《へきがん》のイケメン勇者が声をかけてくる。

「マティアスも来てたんだ」

僕とは同郷で、貴族生まれの美少年だった。ここ一年くらいは各国を渡り歩いては魔王軍と戦っているらしく、村で出会うことはほとんどなかったんだけど――

思わぬ場所での再会だった。

「近隣諸国《このあたり》じゃ俺が一番の使い手だからな」

ニヤリと笑うマティアス。実際、彼は大陸でも五指に入る強さだっていう噂を聞いていた。

「お前なんかが加勢に来て大丈夫か？　貧弱勇者は引っこんでた方が身のためだぞ」

相変わらずの嫌味な口調で付け加える。

「まあまあ、これもマティアスちゃんの気遣いだから」

ムッとした僕をなだめたのは、彼のパーティメンバーだった。

「でも、あなたたちょっと体が細いわねぇ」

「ガリガリじゃないけど、もうちょっと筋肉つけた方がいいんじゃない？」

「そうそう、あたしたち好みの体になってほしいわぁ」

全部で三人。いずれもビキニパンツ以外はほとんど全裸に近い、ムキムキの男たちだ。油でも塗っているような、テカテカと光る筋骨隆々の身体が目にまぶしい。

「でも、顔はなかなか凛々しいわね」

「マティアスちゃんとは一味違うけど、こういうタイプも好みよ」

「うふふふ、よろしくね」

ぱちん、と一斉にウインクしてくる三人組。

「ど、どうも……」

僕は思わず後ずさった。

……こんな人たち、マティアスの仲間にいたっけ？　確か、三年前には中年の戦士もいたはずだけど。

「他のメンバーは今回は力不足だからな。別の場所で待機してもらってる」

と、僕の内心の疑問に答えるようにマティアスが説明する。

「で、SSR武器で召喚した『仲間』のこいつらと一緒にラクリスまで来たってわけだ」

「この三年でマティアスちゃんの筋肉はさらに磨きがかかったわよぉ」

「ふふ、脱いだらすごいのよ、彼」

「そうそう。うっとりするくらいに引き締まっていて美しいの……食べちゃいたいく・ら・い」

筋肉男たちがポージングしながら妖しく笑う。

「お、おう……」

マティアスは若干引き気味だった。

「よ、よかったね、いい仲間ができて……」

そういう僕にマティアスはハッとした顔で、

「ち、違うぞ、別に、俺はそういう趣味があるわけじゃない！」

「もう、照れなくてもいいじゃない！」

ますます妖しく微笑む筋肉男たち。

「違うって言ってんだろーが！　俺も行かなきゃな。お先に失礼する。お前も死なない程度にがんばれよ！」

マティアスは前線を見据え、仲間と共に飛び出していった。

「いまだにSSR武器もないんじゃ苦労するだろうけどな」

振り返りながら、嫌味な笑みを浮かべる。

「……一言多いよ、もう」

僕は苦笑交じりに肩をすくめた。

＊＊＊

——最初は後方待機っていう話だったけど、前線が思った以上に苦戦しているらしく、僕らにも出撃命令が出た。

「じゃあ、あたしたちも行くわよ、ジークくん」

真紅の剣レーヴァテインを手に、フィーナが颯爽と駆けだした。

「よし、僕も」

「どうぞ、勇者様」

サラサが剣を差し出した。この三年で僕が唯一引き当てたSR武器——『磨きこまれた鋼の剣（SR）』。

もしこれ以上の武器が出なければ、この剣を持って旅に出ようかと考えていた。その日のためにサラサが大事に保管していたそうだ。

……だけど、やっぱりフィーナと比べると戦力面で見劣りするなぁ。僕も本当はSSR武器で戦いたい。

「いや、今はこの国の人たちを守ることだけを考えよう」

僕は雑念を捨て、フィーナに続いた。

「燃え尽きなさい――【フレアスラッシャー】！」

気合の声とともに、彼女の剣から炎の渦が飛び出す。十体以上の魔族がまとめて消し炭となり、消滅する。

すごい威力だ――

さらに、近くでは、

「消え去れ、魔族！【アースクェイク】！」

マティアスの振り下ろした地属性の長剣が小規模の地震を起こす。地面に亀裂を生んで、数体の魔族を地の底まで落とした。

さらにナックルガードを装備した拳で連続パンチ。魔族の攻撃はきらびやかな鎧ではね返す。

そのどれもがおそらくSSR級の武器や防具だろう。僕とは段違いに豪華な武装だ。

当然、その恩恵でマティアスの攻撃力や防御力は超人的なレベルになっているはずだった。

……正直、うらやましい。あ、駄目だ駄目だ。雑念退散。

「あら～、さすがは勇者マティアスちゃんねぇ。その意気よ、マッスル！」

「そうね、あたしたちの強さ、見せてあげましょう、マッスルマッスル！」

「あたしたちの鍛え上げた肉体があれば、魔族など何するものぞ！　ハッスルハッスル！」

「相変わらず暑苦しい……」

マティアスは苦笑交じりのため息をこぼす。

彼の仲間たち——筋肉ズとでも言おうか——は大盛り上がりである。

そんな彼らも、それぞれのSSR武器を手に魔族を蹴散らしている。さすがに、SSR武器で召喚された『仲間』だけあって強い。

「なんで俺の仲間にはむさ苦しい男しかいないんだ……」

突如嘆いたマティアスが僕にジト目を向けた。

「うらやましい……」

「そう？　そっちはSSR複数持ちでしょ」

むしろ僕の方がマティアスをうらやむ立場だよ。

「そういうことじゃない！　そういうことじゃないんだ……！」

なぜかマティアスは血の涙を流さんばかりの表情だった。

「俺も可愛い女の子の仲間が欲しかった……うう」

「のんきに話している場合じゃないでしょ！　いくわよ！」

フィーナが凛とした叫びをあげた。

彼女の炎の剣が、マティアスの長剣が、筋肉ズの肉弾攻撃が——見る見るうちに魔族を打ち倒し、戦線を押し返していく。

「みんな、すごい——」

「勇者様、私たちも」

「ああ、負けてられない！」

サラサに促され、僕も前へ出た。

二人には劣るけど、ＳＲ武器によって僕のステータスも格段に上がっている。やるぞ、勇者として――

「ふがいない！　人間ごときを相手に、何を手こずっておる！」

突然、朗々たる声が響いた。魔族たちが左右に別れ、その向こうから一際《ひときわ》巨大なシルエットが歩み出る。

竜と虎の頭を持った、巨人。

「俺はディガルア。魔王様の第一軍を預かる将軍である！」

傲然と叫ぶ魔族ディガルア。

「この気配……高位魔族《アークデーモン》ね」

フィーナがうめいた。

魔族の中でも最強の力を持つという眷属《けんぞく》――アークデーモン。見るからに強そうだ。

「こいつは将軍だって言った。つまりディガルアさえ倒せば、ラクリスに攻めてきている魔王軍の指揮系統は崩壊する」

僕は剣を握り直す。

「ええ、必ずあたしたちで打ち倒すわよ」

「任せろ、この勇者マティアスにっ」

まず飛び出していったのは、マティアスだった。

「【アースクェイク】！」

振り下ろした長剣が大地震を起こし、地面の亀裂に魔族を呑みこむ――

「これが貴様の必殺技か？」

ディガルアは宙に浮いて、あっさりと落下を防ぐ。

「だったら、直接攻撃だ！」

「あたしも――」

突進するマティアスにフィーナも続く。

叩きつけられる長剣を、繰り出される剣を、ディガルアは避けようともしなかった。二人のコンビネーション斬撃が高位魔族の全身に何十何百と命中する。

「効かない!?」

フィーナが戦慄の声を上げた。

ディガルアの体には傷一つつかない。

ダメージすら与えられていない――

「ぬるい！　人間の勇者たちというから、少しは歯ごたえがあるかと思ったら――このディガルアの前には、まるで子どもだな！」

吠える魔族ディガルア。

その雄たけびだけで大気がビリビリと振動し、発生した風圧だけで周囲の家が、道が、粉々に砕けて吹き飛ぶ。

「今度はこちらから行くぞ。軽く、な」

告げて、ディガルアが竜と虎の口からそれぞれ光線と衝撃波を吐き出した。

「きゃあっ!?」

「ぐあっ！」

フィーナもマティアスも苦鳴を上げて吹っ飛ばされる。

「マティアスちゃん！」

「失せろ！」

さらに駆け寄ろうとした筋肉ズも、為《な》す術《すべ》もなく吹っ飛ばされた。あっという間に僕以外の戦闘メンバーが全員地面に倒れ伏す。

強い！　強すぎる――

「残るは貴様か、小僧」

ディガルアが僕をにらんだ。

最後方にいたため、僕だけはディガルアの攻撃に巻きこまれていない。

「くっ……！」

僕は剣を構え直した。

「失せろ」

ディガルアの一振りで、剣が粉々になる。

「ＳＲ武器が――!?」

僕は慌てて次の武器を取り出した。

Ｒ武器が二十弱。そのどれもが――ディガルアの放つ衝撃波で砕け散る。

「なんて強さだ……！」

攻撃することさえ、できない。

「ジーク、お前は引っこんでろ！」

マティアスが叫んだ。

「武器もないのに戦いようがないだろ」

「でも――」

「しかも、この俺でさえ敵わない相手なんだぞ。無駄に死ぬな！」

「マティアス……」

「こいつは俺が食い止める。時間だけでも稼ぐから、お前らはとっとと逃げろ……！」

言いながら、マティアスはすでにボロボロで立ち上がる力もない。

フィーナや筋肉ズも同じく地面に這《は》いつくばったままだ。

「戦えるのはもう僕だけだ」

僕はそう言って進み出た。

両足が、体中が震えている。今までにない強敵を前にして。

だけど退かない。

「こいつは僕がやる」

「お前――」

「僕だって勇者だ！　みんなを守りたい」

ロクな武器もない状況だけど、目の前で傷ついていく人たちや、壊されていく町を見ていたら――自分の中で何かが燃え上がるのを感じる。

守りたい、っていう強い意志が湧き立つのを感じる。

「それでこそ勇者様です」

サラサが僕に寄り添い、涙ながらにアイテムボックスから武器を取り出した。

一本の、ひのきの棒を――

「……あ、まだN武器があったっけ」

渡されたひのきの棒を見下ろす僕。

「武器というか、日用品ですもんね」

「毎日のように合成しまくったから、多少は強くなってるかな。なんか合成しすぎて黒光りしてきたし。とりあえず牽制程度はできるかも」

僕はひのきの棒を構えた。

それなりの重量があり、手持ちのN武器やアイテムの中では攻撃力がもっとも高い……あくまでもN武器の中では、だけど。

他には『銭湯のデッキブラシ』とか『ぼろぼろの雑巾』、『Lサイズの団扇《うちわ》』なんかもあるけど、どれも武器にすらならない。

「何をごちゃごちゃと言っている。今さら怖じ気づいたか」

ディガルアが僕らに叫んだ。

「ええい、とにかくやるしかない！ こんな棒でも牽制くらいなら、どうにかできるかもしれない。

「うおおおおおっ！」

　僕はひのきの棒を掲げ、ディガルアに向かっていく。

　ほとんど特攻だ。

「なんだ、それは？　そんな棒ごときで、魔王様の腹心であるこの俺に刃向かうか？」

　ディガルアが傲岸な笑みを浮かべた。竜と虎の口から、再び光線や衝撃波が吐き出される。

　フィーナたちを一発で吹っ飛ばし、ＳＲやＲ程度の武器なら瞬時に破壊してしまう高位魔族の必殺攻撃！

「や、やっぱり無理かも!?」

　僕は焦りつつ、反射的に『ひのきの棒』を投げつけた。


ごうんっ！

　爆音が、響いた。

「…………………………………………あれ？」

空中を突き進んだ棒は光線と衝撃波をあっさりと吹き散らし、そのままディガルアのみぞおちを直撃したのだ。

「あ……が……この棒切れが、この威力……な、なんでや――――!?」

うめいて、倒れ伏すディガルア。その体が淡い光を発して消滅する。

「倒しちゃった……の……？」

魔族の幹部を。この僕が――

――達成率３０％

ふいに妙な声が聞こえた。

ん、なんだ？　キョロキョロと周囲を見回すけど、声の主は見当たらない。空耳だろうか。

＊＊＊

【ＳＩＤＥ　魔王軍】

魔王軍は大混乱を来《きた》していた。

「ディガルア様がやられただと!?　馬鹿な――」

「しかも一撃で……」

「一体、どんな勇者が来たんだ？」

慄《おのの》く魔族たち。

そこへ前線部隊からの報告が来た。

「お、おい、次々と仲間がやられてるってよ！」

「ディガルア様をやった奴か!?」

「おそらく、な。そろそろ来るぞ――」

その言葉が終わらないうちに、轟音とともに魔族が数体まとめて吹き飛ばされた。

強大な破壊力を持った勇者の攻撃だ。

たった一人の力で、前線はあっという間に崩壊していた。

「――って、なんかひのきの棒を持った奴にやられてるんだけど!?」

「伝説の剣とかじゃないのかよ!?」

見間違いかと思ったが、あれはどう見てもN武器のひのきの棒である。武器というより料理やマッサージに使う日用品といった方がいい。

だがなんの変哲もないひのきの棒は、勇者が振るう度に竜巻を呼び、衝撃波を吹き散らし、魔族を次々と倒していく。

まさに悪夢だった。

「なるほど……！　ひのきの棒はカムフラージュ。本当はＳＳＲか、ＬＲ《レジェンドレア》クラスの武器を偽装してやがるんだ」

一人の魔族が気付く。確かに、たかがひのきの棒があれほどの攻撃力を持っているなどあり得ない。

そう考えれば、合点がいく話だった。

「マジか、俺たちを油断させるためだな！」

「汚い、さすが勇者汚い！」

魔族たちはいきり立ち、勇者の少年を取り囲んだ。

「種が分かれば騙されんぞ、勇者ぁぁっ！」

「そいつを最強武器だと認識した上で、俺たちの一斉攻撃で仕留める！」

もはや彼らに油断はない。

——とはいえ、どう見ても少年が持っているのは、ただのひのきの棒だ。なんの変哲もない日用品だ。しかも、ほのかに香ってくるいい匂いは、まさしくひのきそのもの。

「やっぱり、あれ……ひのきの棒、だよな？」

顔を見合わせる魔族たち。


ごうんっ！

「ぶげらっ!?」

少年の一撃に、魔族たちはまとめて吹っ飛ばされた。なぜ、たかがひのきの棒がこれほどの威力を持つのか。

その場の誰も理解できないまま、魔王軍は敗走する——

＊＊＊

——結局、ひのきの棒だけでなんとかなってしまった。

僕がこいつを振るう度に、なぜか魔族たちがバタバタ倒れていく。

「ひ、ひぃ、勝てるわけがねえ！」

「くそっ、ただの棒に偽装した最強武器かよ！」

「しかも、ひのきのいい香りがほのかにしやがる！　手の込んだ偽装しやがって！」

「卑怯者め！」

魔族たちはよく分からないことを叫びながら逃げていく。

「最強武器って……何言ってるんだ？」

残った連中も棒の一振りでみんな倒されちゃったし、単なる見かけ倒しだったんだろう。あるいは他の勇者たちとの戦いで相当弱っていたのか……。

だって——普通に考えて、ひのきの棒で魔族に勝てるわけないし……。

「……弱っていたにしても限度があるよね。一体どういう——あ、分かった！　これが『クリティカル』か！」

ガチャ武器を使うと、たまにクリティカルという大ダメージを与えることがある、とサラサに習っていた。今回の戦いでは幸運にもそれが連続したんじゃないだろうか。

まあ、今はそんなことを考えるのは後回し。とにかく残る魔族を追い払い、戦線を押し返すんだ。

見れば、周囲では王国の騎士たちや魔法使い、そしてもちろん勇者たちも気勢を上げ、それぞれ魔王軍を蹴散らしている。

もうひと踏ん張りだ——

【ＳＩＤＥ　フィーナ】

「本当に倒してしまったのね、高位魔族を」

凱旋する少年に、フィーナは熱いまなざしを送っていた。

魔王軍の大幹部から侵攻を受け、王国は滅亡寸前だった。最悪の事態も覚悟していた。

自分にとって近しい人たちが、生まれ育った故郷が、全部消えてしまう——その絶望と悲しみに苛まれていた。

だけど——それをすべて、彼が吹き払ってくれた。

（ジークくん……）

国を救ってくれた勇者の名を心の中でつぶやく。

胸が甘くときめいた。彼の名をつぶやいた唇に、指先でそっと触れる。熱く、甘く、火照った唇に。彼に触れられたい――と自然に思った。

「ジークくん……！」

今度は、はっきりと名前をつぶやく。

そっと唇を指先でなぞった。先ほどよりも強く。彼の唇がそこに押し当てられているような想像をしながら。

「ああ……」

ため息が漏れた。

「あたしの、勇者様……」

あの凛々《りり》しい少年に、触れてほしい。

考えただけで全身が疼《うず》く。

胸の芯が切なく震える。

それが生まれて初めて感じる恋心なのだと、フィーナは漠然と感じていた――

＊＊＊

「救国の英雄ジーク殿に乾杯！」

「かんぱーい！」

あれから三日、王国はお祭り騒ぎだった。

僕はいたるところで王族や大臣たちに捕まっては礼を言われ、讃《たた》えられ――今までの人生を全部あわせたよりもずっとたくさん褒められてしまった。

照れくさいやら、くすぐったいやら。そんな人いきれにも少し疲れ、僕はバルコニーに出た。

「ふうっ」

息を吐き出す。

ホールの方は相変わらずすごい熱気だ。誰の顔も、国が救われた喜びにあふれている。

本当によかった。

――なんて感慨にふけっていると、

「ありがとう、ジークくん。君のおかげで王国は救われたわ」

フィーナが歩み寄ってきた。戦闘のときは軽装鎧だったけど、今は王女の正装である白いドレス姿だ。

かわいらしい美少女オーラ全開のフィーナにドキッとしてしまう。

女剣士としての姿も凛としてかっこいいけど、こういう格好をしていると、やっぱりお姫様なんだなって実感する。

「どうかした、ジークくん？」

「あ、いや、ドレス姿は初めて見たから……」

「あたしは堅苦しくて好きじゃないのよね、こういうの」

「似合ってると思うよ」

僕は素直な感想を述べた。

「えっ!?　あ、そ、そう？　ジークくんがそう言ってくれるなら、まあ……この格好も悪くない、かな……えへ」

フィーナははにかんだ笑みを浮かべた。

「じゃあ、あらためてお礼を。勇者様――ラクリス王国の姫として、このフィーナ・ラクリスはあなたに感謝と敬意を表します」

優雅に礼をしたフィーナは、白い手をスッと差し出した。

「ありがとう、勇者様」

「光栄です、フィーナ姫」

僕はその場にひざまずき、差し出された手の甲に恭《うやうや》しくキスをした。

ちょっと気取った行為だったかな？

内心で苦笑しつつ、僕は彼女を見上げる。

フィーナは頬を薔薇《ばら》色に上気させていた。かわいらしく、美しくて、やっぱりお姫様なんだな、って実感する。

「他の勇者たちが魔族を弱らせていたからね。僕は最後の美味しいところを持っていっただけだよ」

僕の力で高位魔族を倒せるはずがない。たぶん、ディガルアは他の勇者との戦いで弱ってたんだろう。なんだか、いいところ取りをしたみたいで気が引けるけど――

「もう、そんな謙遜はいいってば」

今度はフィーナが苦笑する。

「君って奥ゆかしいのね」

謙遜じゃないんだけどなぁ……。


【SIDE　サラサ】

魔王の腹心であるディガルアを一撃で倒してしまうとは。しかもN武器で。そんなことがありうるのだろうか。

ただのひのきの棒とは信じられないほどの攻撃力だ――と考えながら、ふとバルコニーに視線を向ける。

そこにはジークの姿が見えた。

「あんなところにいたんですね、勇者様」

サラサはパッと顔を輝かせ、歩み寄ろうとする。今日はパーティで入れ代わり立ち代わりジークの元へ、国の重鎮が挨拶に来ていたため、ほとんど話せていない。

おかげでサラサはパーティの間中、ほとんど一人ぼっちである。が、ジークの傍まで行きかけたところで、サラサの足が止まった。

「フィーナさん……？」

ドレス姿の彼女は、同性であるサラサから見えても、ドキッとするほど可憐で美しい。そんな彼女とジークは楽しげに会話していた。

見つめあう視線も、交わしあう笑顔も。本当に——楽しそうだ。

「ありがとう、勇者様」

と、フィーナが突然一礼して、右手を差し出した。

「光栄です、フィーナ姫」

ジークはその足元にひざまずき、彼女の手に口づけする。まるでお姫様と凛々《りり》しい騎士のようだ。

「いいなぁ、二人とも……」

そんな関係性に乙女らしい憧れと羨ましさが込み上げる。

同時に、ズキン、と胸が痛んだ。

「やだ、私ったら」

サラサは胸元を両手で押さえる。心臓の鼓動がやけに高まっていた。

「私、フィーナさんに嫉妬してる……？」

自分は勇者のナビゲーターである。ジークに対して恋心など抱けるような立場ではない。

そもそも人間である彼に、天使である自分がふさわしいとも思えない。ふさわしいのはきっと、フィーナのような可愛い人間の少女なのだ。

「勇者様とフィーナさん……お似合い、かも」

ずきん、ずきん、と痛みを増す胸を押さえたまま、サラサは静かに背を向けた。

＊＊＊

翌日、王城の前で僕はサラサやフィーナと一緒にいた。

「クエストをクリアしたことで、SSR武器『レーヴァテイン』を正式に獲得することができました。ただしこの武器の所有権はフィーナさんにあります。またフィーナさんは勇者様との『魂の絆《エンゲージ》』が結ばれ、『仲間』になります」

サラサが説明する。

同時に、僕とフィーナから赤い輝きがほとばしった。

「これは――!?」

二つの輝きは中空で絡み合い、一つにつながり、そして霧散する。

さながら運命の赤い糸で結ばれたように。

魂の絆《エンゲージ》――か。

「これでお二人は正式な『仲間』になります」

サラサが言った。

『仲間』――それは言葉通りの意味よりも、さらに一段深い。精神的な結びつきを超え、魂レベルでの絆を結んだ一種の契約関係だ。いかなる運命が起きても、その絆が分かたれることはない。

マティアスに筋肉ズがいるように、僕にとってフィーナがその初めての『仲間』ということになる。

「魂で結びついた関係……か。なんだかすてきよね」

フィーナが僕に寄り添ってきた。うっとりした顔は上気していて、吐き出す息が熱い。

「ジークくんが輝いて見える……すてき」

『仲間』になった直後だからか、一種の高揚状態らしい。僕の方は特にそういう変化はないんだけどな。

「ふふ、お父さまもお母さまも常日頃から『国を栄えさせるために、フィーナに強い婿が欲しい』って言っていたけど……彼ならぴったりね。うふふふふ」

さらにつぶやくフィーナ。

……婿ってなんのことだろ。

「勇者様、乙女心には鈍感なのですね……」

サラサの表情が険しくなった。

「昨日は手にキスなんてしてたくせに……」

と、何かをつぶやいたけど、声が小さくてよく聞き取れない。

「あ、そうだ。クエストをクリアしたわけだし、次のガチャが引けるよね」

僕はガチャ石板を召喚した。

「強い武器や仲間は多ければ多いほどいい。もっとたくさん集めて、必ず魔王を討つ」

「魔王を……」

僕の決意表明に、サラサとフィーナが同時に息をのむ。

「三年間、僕は村で家事や雑用ばかりしていた。でも心強い仲間を――魔王軍と戦う力を手に入れたんだ。だったらラクリス王国みたいに魔族に苦しめられている国を救いたい。その力になりたい――」

ずっと忘れていた――でも決して失わず、心の底でくすぶり続けていた思い。

子どものころから抱き続けていた『魔王と戦う勇者』という存在への憧れ。

それが今回の戦いで再び燃え上がっていた。

「私は勇者様についていきます。どこまでも」

サラサが真剣な顔で告げる。

「あたしもよ。国を救ってもらったお礼に、今度はあたしが君たちの力になるわ」

と、フィーナ。

「ありがとう、二人とも」

僕はそんな彼女たちに微笑を返した。

「じゃあ、さっそくガチャだ」

意気込んで石板と向かい合う。

ディガルアとの戦いで、僕はSRやRの武器をすべて失ってしまった。また一から戦力強化しなきゃいけない。

前回は『レーヴァテイン』を引いているわけだし、その勢いでまたSSRを引けないかな。

期待を込めて、タップする。

そして、出てきたのは――

「……ひのきの棒だね」

「ま、まあ、そうそうSSRなんて引けませんし……」

「……が、がんばりましょ。あたしがついてるわ！　ジークくん、ファイトっ」

第三章　ＳＳＲ武器『フェイルノート』と女ガンマン

僕らは今後の方針を話し合っていた。

「隣国のメターナ王国にも魔族が迫っているという話だし、僕らも迎撃に加わる、というのはどうかな？」

そう提案する僕。

メターナ王国はラクリスから南方数百キロに位置する国である。

魔族の軍勢に対しては王国の正規軍が対処するのが普通だ。だけど、それだけでは戦力が足りない。だから僕ら勇者がそれぞれの判断や、あるいは国などに請われて『助っ人』に行くケースが多い。

「メターナならここから近いですし、次の目的地としてはいいかもしれません」

「うん、あたしもいいと思う」

うなずき合うサラサとフィーナ。話はあっさりまとまった。

「あのぅ、勇者様、ひのきの棒を見せてもらってもいいですか？」

「えっ」

「先日の魔王軍との戦いで気になっていたんです。ひのきの棒にしてはあまりにも攻撃力が高すぎるかもって」

「うーん、確かにそうだけど……それは魔族が見かけ倒しだったんじゃないかな？　あとは運よくクリティカルが連続しただけだと思う。だって、ひのきの棒だよ？」

「そ、それはそうなのですが、もしかするともしかするかと思いまして……」

つぶやいたサラサが手を差し出す。

「ちょっとだけお借りできないでしょうか？」

「そんなに言うなら……」

僕はアイテムボックスからひのきの棒を取り出し、サラサに渡した。

「なんとなくですが、単なるN武器にしては神々しいまでの黒いオーラを放っていると思いませんか？」

「言われてみれば、妙に黒ずんでるような……？」

サラサとフィーナが顔を見合わせる。

確かに僕のひのきの棒って、普通のそれに比べて黒光りしているような質感があった。

「使いこんでるからじゃない？」

「いいえ、これは――これこそはきっと伝説級の武具に違いありません！」

急に盛り上がるサラサ。

目が燃えている。

「ひのきの棒が伝説級ってなんかやだな。かっこ悪いし」

「さて……」

サラサがひのきの棒をじっくり見据える。

「では鑑定を始めます――」

サラサはひのきの棒をジッと見つめた。

シン、と静まり返る周囲。

張りつめた空気が場を支配する。

僕の緊張はさらに高まり、無意識にごくりと喉が鳴った。

そして――


「…………………………………どこからどう確認してもただのN武器ですね」

サラサが決まり悪げにつぶやいた。

「やっぱり、ただのひのきの棒か……」

実は超すごいレアリティでした、なんてオチを期待してドキドキしちゃったけれど。

まあ、そんなに簡単に最強レアリティの武器が手に入るほど現実は甘くない。がんばってガチャを引きまくって、いつかSSRを手に入れるしかないよね。

「すみませんでした。敵をあんなに倒していたので、もしや伝説級の武器ではと思ったのですが……やっぱり、そんなわけないですよね」

サラサは申し訳なさそうにしょげている。

「ナビゲーターなのに間違うなんて、これでは存在意義が……うう……」

「ジークくんが言った通り、奇跡的にクリティカルが連続した、って考えるのが普通なんじゃない？　ディガルアに関しては、あたしたちの攻撃でけっこう弱ってたのかもしれないし」

「そうですよね……すみません」

とりなすフィーナだけど、サラサは引き続きしょげている。

「あんまり気にしないで、サラサ。ともかく――まずはガチャを引こう」

僕は慰めつつ話題を変えた。

まず考えるべきは、メターナでの戦いのことだ。

上手くいけば、次の戦いに心強い武器や仲間を得られるかもしれない。

メターナへの魔族の侵攻はまだ本格化していないそうだから、すぐに行くより、ある程度戦力を充実させてから向かった方がいいだろう。

「あ、恒例のガチャタイムですねっ」

サラサがにっこり微笑む。

ようやく気持ちを切り替えたらしい。よかった。

「三年かけてやっとSSR武器を引けたんだ。流れは来てるはず」

「でも次に引いたのはひのきの棒だったじゃない」

「流れは来てるはず……っ！」

「そ、そうね」

血涙を流さんばかりに力説する僕に、フィーナはちょっと引き気味だった。

「もしかして、引いた時間が悪かったのかもしれません」

と、サラサ。

「ＳＳＲを引いたときと同じ時間にガチャを引くというのはどうでしょう？」

「それだ！」

僕は思わず叫んだ。

「さすがは僕の相棒」

「えへへ」

サラサが嬉しそうにはにかむ。すっと頭を出してきた。

これって撫でてほしい、ってことだろうか？　なんだか子犬みたいで愛くるしいな。

「よしよし」

僕は彼女の頭を撫でてみた。

「うふふふ」

やたら嬉しそうに微笑むサラサ。

「……相棒、ねぇ」

フィーナがぼそりとつぶやいた。僕たちの一連の様子を、なぜかジト目で見ている。

ん、どうしたんだ？

「サラサちゃんは特別なんだ？」

「特別？」

「や、やだなぁ……えへへへへへ」

なぜか照れているサラサ。

「ふーん……？」

そしてフィーナの方は面白くなさそうな顔だった。

おもむろに頭を出してきた。サラサと張り合ってるのかな。

年下らしい可愛い一面に僕はほっこりした。

「じゃあ、フィーナも。よしよし」

と、彼女の頭を撫でてやる。

「ふふん」

「むむむ」

得意げなドヤ顔をしたフィーナに、今度はサラサが拗《す》ねたように口を尖らせる。

二人とも妹みたいで可愛いらしいなぁ……。

僕はますますほっこりした。

＊＊＊

確かSSR武器『レーヴァテイン』を引いたのは正午だったはずだ。十二時を告げる鐘がそのときに鳴っていたから覚えている。ちょうど正午まであと五分ほどだった。

サラサとフィーナの間には、なぜか妙な空気が流れていた。

「特別……私は勇者様の特別な女……えへへへへへ」

「あたしだって撫で撫でしてもらったもん。ふふふふ」

にやけっ放しのサラサとフィーナ。まださっきのことで張り合ってるのかな――なんて思っているうちに、正午になる。

「とにかく引くぞ！」

僕はガチャ石板を召喚した。

「ＳＳＲが来ますように……来ますように」

「いいのが引けることを祈るわ……！」

サラサとフィーナが固唾を呑んで見守る。

僕は石板中央のレリーフをタップした。宝珠が弾け、武具が召喚される。

来い、ＳＳＲ！

心の中で強く念じた。

そして、現れたのは――

「……………………………………一流料理人の鉄鍋」

ＳＲアイテムでした。

いや、以前のＮ連発に比べれば、運気は上がってるんだろうけど、一度ＳＳＲを引き当てる喜びを知ってしまうと『ＳＲでは物足りない』ってなってしまう。

以前に初めてＳＲを引いたときは感動したんだけどなぁ。

＊＊＊

「ナビゲーションオン！」

サラサが例によってエピソードクリアの条件を表示した。

クエスト内容：近隣の住人に鉄鍋を使った料理を振る舞う
クリア条件：三日以内に十人から美味しいという評価をもらう

「鉄鍋だけに料理か……」

まあ、僕の家事スキルなら大丈夫だろう。速攻でクリアして、次のガチャを引かなきゃ――

「料理を作ればいいの？」

と、フィーナ。

「あたしもやってみようかな」

「あ、料理なら僕がやるよ。慣れてるし」

「ふーん、王女だから料理ができないとでも言いたいの？」

「そういうわけじゃないけど……」

「見てなさい、ジークくん。あたしの手料理でメロメロにしてあげる」

ふふっ、と挑戦的に笑うフィーナ。

「じゃあ、この辺で作って、近所の人たちに野外パーティっぽく振る舞おうか」

僕が提案する。

「任せてっ。美味しいもの作ってみせるからっ」

元気よく叫んでエプロン姿になるフィーナ。そして、お姫様の料理タイムが始まった――

＊＊＊

「きゃーっ、なんで爆発するのっ!?」

「うそ、これってしょっぱい……？　砂糖入れたんだけど、中和するために塩を振ればいいのかしら」

いやいやいや。

「スープが紫色に……レシピだともっと澄んだ色になるはずなのに、どうして？　あ、きっと気温のせいね」

いやいやいやいや。聞けば聞くほど不安になってくる。

「フィーナ、手伝おうか……？」

僕がそう問いかけても、フィーナは、

「見ちゃだめっ！　楽しみに待っててもらうんだからっ！」

なんて言って、全然料理しているところを見せてくれないんだよな。見えないせいで、ますます不安が募る。

＊＊＊

……待つことしばし。

「えーっと……？　これは……野菜炒め……かな？」

「待ってください、勇者様。得体の知れない紫色の汁が出ています。煮物系の可能性も捨てきれません」

「でも、この焼き加減から考えると、やっぱり炒めものじゃないかなぁ」

僕とサラサはひそひそと相談する。テーブルに並べられたのは、いずれも異様な形に変形した野菜や、明らかに元の色とは違っている肉らしきもの。

「……ち、ちょっと火加減を間違えたのよ」

フィーナが憮然《ぶぜん》とした顔だ。

「一生懸命作ってくれたんだし、嬉しいよ」

僕はすぐにフォローした。

「ありがとう、フィーナ」

「でも、こんな出来じゃ……」

「心を込めて作ってくれたのが伝わるから。それだけで嬉しい」

僕はフィーナの両手に視線を向けた。

たぶん不慣れな包丁を使ったせいか、小さな傷がいっぱいある。その両手を僕はそっと包みこんだ。

「それに、フィーナはお姫様だし料理には慣れてないでしょ？」

「ジークくん……」

照れているのか、フィーナは頬を赤らめていた。

「じゃあ、ありがたくいただくよ」

「私もいただきます」

「あ、でも、上手く作れてないし——」

「!!　……お、美味しいよ、フィーナ」

「!!　…………ですね！」

僕とサラサは顔を見合わせ、にっこり微笑む。サラサの顔がだんだんと青ざめていくのがわかる。きっと僕の顔も同じようになっているだろう。フィーナが心を込めて作ってくれたんだ。美味しくないわけがない……。

「……ありがと、二人とも」

フィーナははにかんだ笑顔を浮かべた。

＊＊＊

「僕、こういうのは勇者になってから何度も経験してるし任せて」

食べ終わると、僕は彼女と交代して料理を始める。

――再び待つことしばし。

「美味しい、これ！」

「でしょう？　勇者様の手料理は絶品なんです」

僕の料理を一口食べて顔を輝かせるフィーナと、はしゃいで説明するサラサ。

うん、僕としても、自分の料理を食べた人が美味しそうに喜んでいるのを見ると、本当に嬉しい。

……やっぱり勇者より、料理人とかの方が向いてるんだろうか、僕って。

「じゃあ料理担当はジークくんでいいよね」

「あと掃除と洗濯、ゴミ出しに備品の買い出しも勇者様が担当されてます」

「……要は家事全般ね」

「家事スキルなら勇者様は誰にも負けませんので」

きゃいきゃいと騒ぐ二人。

今までずっとサラサと二人だったから、こういう風景は新鮮だなぁ。

その後、僕は鉄鍋で作った料理を近隣に住む人たちに振る舞った。難なくエピソードクリアである。

「うう……でも、やっぱり女としては手料理を振る舞いたいわね」

フィーナが悔しがっている。

「男を落とすには胃袋をつかめ、って物の本に書いてた気がするし……」

「なるほど、それは金言ですね。メモしておきます」

「ん？　サラサちゃんは落としたい人がいるの？」

「へっ？　あ、い、いえ、私は勇者様を――じゃなかった、し、将来のために、と思っただけです」

サラサが顔を赤くして両手を振った。

「やっぱり……ライバルかも」

フィーナがぽつりとつぶやいた。

＊＊＊

「時間を合わせるのが駄目なら、他にどうすればいいんだろう」

僕はサラサやフィーナと相談していた。ただ漫然とガチャを引くより、なんらかの方針をもって引きたい。そうすれば、仮に外れたとしても納得がいくかもしれない。たぶん。

「運の流れを見極める、というのはどうでしょう？」

提案したのはサララサだった。

「運の流れ？」

たずねるフィーナに、

「武器やアイテムを合成するときに、たまに『大成功！』や『超成功！』になりますよね。それが『幸運の流れが来ている』ときだと思うんです。つまり、そのタイミングでガチャを引けば――」

「なるほど、いい武器を引く確率が上がるってことか！」

サララサの説明に叫ぶ僕。時間帯を合わせるより、こっちのやり方の方が行けそうな気がしてきたぞ。

「そ、そうかしら？　ただのオカルトのような――」

「やるぞ、サララサ！」

「やりましょう、勇者様！」

疑わしげなフィーナを尻目に、僕とサララサが盛り上がる。

で、さっそく合成開始。

大成功は十回に一回、超成功はたぶん四十回から五十回に一回くらいだろうか。

幸い、N武具やアイテムの備蓄は大量にある。

アイテムボックスから適当な武具を取り出し、合成。合成、合成、また合成。どうせなら超成功のときに引いた方が、SSRを引き当てられる確率が高まりそうな気がする。

というわけで、合成三七回目にして、僕は超成功を出した。

「よし、このタイミングだ！」

ガチャ石板を召喚し、レリーフをタップする。

「来い、来い……！」

「来てください～！」

「当たりますように……！」

祈る僕、サラサ、フィーナ。

宝珠が弾け――

「はいはい、ひのきの棒ひのきの棒」

もう一体何本目だろう……。

＊＊＊

「まーた爆死だぁ!!　……レーヴァテインを手に入れたのもまぐれだったんだ……はあ……」

僕は地面をほじくりながら盛大なため息をついた。

以前はN武器が出てもそれが当たり前だったから、気にならなかった。でも一度SSRが出る喜びを知ってしまうと、そういう境地にはなかなか戻れない。

「ああ、勇者様がやさぐれてますっ！」

「元気出して、ジークくん！」

サラサとフィーナが左右から慰めてくれる。

「はいはい、どうせ僕はガチャ運ゼロの爆死勇者ですよー装備もいまだにNばっかりだし『SR？　何それ食べれるの？』って状態だし」

「勇者様はガチャ運ゼロなんかじゃありません。装備のレアリティがちょっと……いえ、かなり……っていうか、すごく……低いかもしれませんけど……限りなくガチャ運ゼロに近いかもしれませんけど、ちょっとは運がいいところもあるはず……かも、です……たぶん」

「さらにとどめを刺してくれてありがとう、サラサ」

「はわわ、ち、違うんですぅ」

うろたえるサラサ。

「そうよ、ジークくんは家事スキルだってすごいじゃない」

フィーナがそれをフォローするように、僕を慰めてくれた。

「そうそう、勇者様には家事スキルがありますっ」

「ちょっとくらい……いえ、ものすごーくガチャ運が悪くても気にしない気にしない。勇者の価値はそんなことでは決まらないわよ……たぶん、きっと……うん」

最後、自信なくした!?

「……ありがとう、二人とも」

こうやって元気づけようとしてくれるのは嬉しい。とはいえ、僕の失意は大きかった。

……さっきのひのきの棒のクエストは『十回回って一発芸』という楽勝クエストだったので、速攻でクリアした。だから次のガチャが引けるんだけど。うーん、イマイチ乗り気にならないなぁ。

「とりあえず引いてみるか」

もうゲン担ぎとかが面倒になり、僕はガチャ石板を召喚すると適当にタップした。

宝珠が弾け、武具が現れる。

「はいはい、ひのきの棒ひのきの棒」

もはやなんの期待もしていなかった。

まばゆい輝きが周囲を満たした。

「？　今回のひのきの棒はやけに派手だな？」

僕はさめた目でその輝きを見つめる。N武器ってこんなエフェクトだったたっけ……？

「……あ、あの、これ」

サラサが呆然とした声を出した。

「ジークくん、これってもしかして」

フィーナの声が震えている。

僕はようやく気付いた。この輝きは、NやRの召喚エフェクトとは違う！

「き、来た……のか？」

「来ましたねっ」

「やったじゃない、ジークくん！」

僕の疑問にサラサとフィーナの歓声が重なる。

目の前にあふれる虹色の光――そう、今回のガチャでついに僕は二つ目のＳＳＲ武具を引き当てたのだ！

一度ＳＳＲを引き当てると、スイッチのようなものが入って、次もＳＳＲを引きやすくなる――明確な根拠はないけど、勇者たちの間で広く伝わるガチャ傾向である。それが、僕にも訪れたんだろうか。

光がゆっくりと晴れ、その武具が姿を現した。

芸術品のように美しい装飾がされた、青く輝く弓だ。

フェイルノート

　レア度：ＳＳＲ

　種類：弓

　攻撃力：２３００

　魔力：２９００

特殊効果１：弾数無限。所有者の精神力に感応し、無限に弾を生み出す。

特殊効果２：変形機構。所有者の得意な遠距離武器に姿を変える。

例によってサラサが武器のステータスを表示する。

特殊効果を見ると、矢が尽きる心配がないってことかな？　便利だ。

「おめでとう、ジークくんっ」

フィーナが抱きついてきた。

「SSRも嬉しいけど、君が報われたのが一番嬉しい」

「ええ、よかったです、本当に！」

サラサも逆方向から抱きついてきて涙ぐむ。そんなふうに喜んでくれる二人を見て、僕まで泣きそうになってきた。

うう、よかった……！　本当によかったよ……！

同時に青い輝きが弾け、一人の少女がその場に現れる。あれ、これってフィーナのときと同じやつだ。

『仲間』の召喚――『武器』の獲得ではなく、エピソードクリアすれば、仲間が増えるってことか。

綺麗な銀色の髪を肩の辺りまで伸ばした美しい少女だった。年齢は僕より少し上……十八、九歳くらいだろうか。つばの広いテンガロンハットに、銃を差したホルスターやショートパンツ――ウエスタンスタイルな服装が、中性的な美貌によく似合う。

「どこだ、ここは？」

ガンマン風の少女がきょろきょろと辺りを見回した。

「……お前が私を召喚したのか」

切れ長の瞳が、僕をじろりとにらんだ。

視線のプレッシャーがすごい……あんまり友好的な感じじゃなかった。

＊＊＊

「私の名はマリーベル」

少女はぶっきらぼうな口調で名乗った。三白眼気味の瞳は冷ややかに僕を見据えている。

「僕はジーク。よろしくね」

「………………」

マリーベルは表情一つ変えず、まるで値踏みするように僕を見つめたまま――クールっ娘だ。

「サラサです。勇者様のナビゲーターを務めています～」

「フィーナよ。よろしくねっ」

にっこりと自己紹介をするサラサとフィーナ。

マリーベルは二人を一見した後、僕に向かってふんと鼻を鳴らした。

「勇者か」

無表情だった顔がはっきりとこわばり、僕をにらんでいる。

「先に言っておくぞ。私は勇者と名乗る連中が嫌いだ」

「初対面から穏やかじゃないわね」

フィーナがマリーベルに険しい表情を向けた。

「私の町は以前、勇者に騙されて大金を失ったからな。あいつらは口だけは立派だが、いざとなれば我が身可愛さに逃げていく連中だ」

「そんな人たちと勇者様を——ジーク様を一緒にしないでください」

サラサが珍しく怒った口調だ。

「ふん、どうだか。私にはどうしても信用できない」

マリーベルは譲らない。

「まったく……こんなんで一緒にクエストをこなせるのかしら」

フィーナが怒ったように頬を膨らませる。

「クエスト？　なんの話だ？」

「実は——」

首をかしげたマリーベルに、サラサが無料ガチャのことを説明する。

『仲間』を得られるタイプの武器の場合、召喚された人物の願いがそのまま『クエスト』になること。

そのクエストを達成すれば、僕と彼女が魂の絆で結ばれた『仲間』になり、『フェイルノート』も手に入ること。

「ふん、要はお前たちが私の願いを叶えてくれるということか。で、引き換えにお前の『仲間』になればいいんだな？　本当に願いを叶えてくれたら、の話だが」

マリーベルはまた鼻を鳴らした。

「そういうことなら頼んでみるか。利用できるものはなんでも利用するのが、私の主義だ」

「……感じ悪いわね、君」

ますます怒るフィーナ。対するマリーベルはどこまでも涼しい顔で、

「お前に好かれるつもりはないが？」

「むむむ」

「まあまあ、二人とも落ち着いて」

僕は慌てて割って入った。

熱血フィーナとクールなマリーベル。どうにも相性が悪そうな組み合わせだった……。

＊＊＊

「竜神の霊山？」

SSR武器のクエスト内容は『竜神の霊山で竜の神に会い、その願いを叶えること』だった。

なんだか漠然としてるなぁ、ということでマリーベルに聞いてみたところ、

「最近、私の村一帯は日照り続きでな。農作物にかなりの被害が出ている。町全体の死活問題なんだ」

彼女からそんな答えが返ってくる。

「で、雨を降らせる力を持つという竜神に頼みにいけばどうか、という話になった」

「雨を降らせる……おとぎ話じゃないの？」

フィーナが疑わしそうな顔をする。

「うるさい黙れ部外者」

「なんですってぇっ」

「百年前、実際に一人の冒険者が霊山へ赴き、竜に乞うて雨を降らせてもらったという伝承がある」

マリーベルはフィーナの怒りをスルーして説明を続けた。フィーナの方は顔を真っ赤にして彼女をにらんでいる。

仲良くしようよ、二人とも……。

「とにかく、その山に行って竜神に会いたいってことだね？」

これ以上二人がケンカしないよう、僕は結論を急ぐ。

「そうだ。ただし——簡単なことじゃない。竜神がいる山には強力なモンスターが住み着いている。今までにも幾多の冒険者が挑み、帰らぬ人となった——」

マリーベルの表情は険しかった。

「私も先日行ってみたが、なんとか逃げ帰るのが精一杯……だから強い仲間を探していたんだ」

——フィーナのときと同じく転移用の扉が現れ、僕らはマリーベルの村までやって来た。ラクリス王国の西方に位置する小さな国の辺境だ。牧歌的な草原に面した街並みには、暗い雰囲気が漂っていた。

慢性的に食料や飲み水が不足しているせいだろう。

力なく通りを歩く人。

飢えて、青白い顔をした人。

絶望で無表情になっている人。

「少し前のラクリス王国もこんな感じだったわ。みんなが不安で、怯えて、明日が来ることに希望が持てない——」

フィーナがぽつりとつぶやく。

「僕らにできることがあるなら、やろう」

僕は自然と拳を握りしめていた。魔王軍と戦うことだけが勇者の仕事じゃない。こういう人助けだって大事だよね。

「行こう、竜神の霊山へ——」

＊＊＊

僕らは竜神が住まうという霊山を登っていた。故郷にはこんな高い山はないし、本格的な登山は初めてだ。サラサも、そしてフィーナもそれは同じらしく、早くも肩で息をしていた。
対するマリーベルは涼しい顔だ。切り立った崖をすいすいと進んでいく。ちなみに彼女のステータスというと、

マリーベル
　クラス：ガンマン
　レベル：27
　体力：300
　魔力：170
　攻撃力：470
　防御力：220
　敏捷性：400
　所持スキル：連射（レベル55）
　　飛び道具の連続発射速度を向上させる。
　：氷の精神（レベル60）
　　思考や集中を研ぎ澄ませる。また精神攻撃への耐性を30％上昇させる。

フィーナに負けず劣らず能力値が高い。さすがはSSR武器に選ばれ、召喚されるだけのこ

とはある。

　こんな険しい場所でも顔色一つ変えないのは、所持スキルの『氷の精神』の賜物なんだろうか。僕は正直、ちょっと足が震えていた。

……って、この辺は特に足元が狭いな。気を抜くと、崖下まで転落してしまいそうだ。

「みんな、気を付けて」

と、全員に注意を呼びかける。

「足元には常に注意しておけ。滑るからな。体重のかけ方は私の登り方を真似すればいい」

先頭を行くマリーベルが、僕らを振り返った。

と、そのときだった。

「きゃあっ!?」

さっそくサラサが滑っていた。幸い、崖に落ちるようなことはなかったけど……。

「大丈夫、サラサ？」

と、手を取って助け起こす。

「ありがとうございます、勇者様……ひああっ!?」

また足を滑らせた彼女は、僕の胸の中に飛びこんできた。正面から抱き止めた格好になる。

「あ……」

すぐ間近にサラサの顔があった。

彼女のことはあくまでも相棒というスタンスだけど、こんな至近距離で見つめあうとさすがにドキッとする。なんだかんだ、とびっきりの美少女だし。

とはいえ、表面上はあくまでも平然と振る舞う。

「大丈夫、サラサ？」

「は、はい、勇者様……」

サラサの方は真っ赤だ。けっこう照れ屋なんだよな、彼女は。でも、そういうところが可愛いと思う。

どこか妹みたいな感じっていうか。

庇護《ひご》欲をそそるというか、放っておけないというか。

「……くっつきすぎじゃないかしら、ジークくんも、サラサちゃんも」

なぜかフィーナが怒っていた。頬を膨らませ、唇を尖らせている。

怒るっていうより、拗《す》ねてるのかな？　どうしてだろう？

「あたしが滑っても、そういうふうに助けてくれる？」

「もちろんだよ。全員、大切な仲間なんだから」

「仲間……」

あれ、フィーナがますます不機嫌になったぞ？

「じ、じゃあ、さっきサラサちゃんとくっついたときに……その、ドギマギしたりしなかった？」

「えっ、それは――」

「あたしとだったらどう？」

言うなり、フィーナが身を寄せてきた。

どうしたんだよ、さっきから……？

思いつつも、無碍《むげ》にするのもなんなので軽く彼女を抱き留める。

「うう……フィーナさん、積極的です」

今度は逆にサラサが不機嫌になった。

二人とも、僕に甘えたいんだろうか？　意外と甘えん坊なのかな、二人って。

「痴話ゲンカはよそでやってくれ。行くぞ」

そっけなく促すマリーベル。

「だ、誰が痴話ゲンカよっ。あたしとジークくんは別にそんなんじゃ……」

「大きな声を出すな。それを聞きつけてモンスターが来たらどうする」

「ぐぬぬ」

マリーベルにやり込められ、フィーナは悔しげにうなった。

「痴話ゲンカとかじゃないよ。ちょっと、じゃれあっただけ」

僕が微笑み混じりに説明する。

「……余裕だな。あるいは二人とも女として意識されていないのか」

マリーベルはつぶやくと、フィーナに対してシニカルな笑みを浮かべた。

「大事な男なら取られないようにしっかり捕まえておけ」

「な、何よ、偉そうに。じゃあ、君には大事な相手がいるの？」

「へっ、わ、わ、私がっ!?」

マリーベルがいきなりうろたえた。顔が赤らんでいる。

「に、にゃ、にゃにを言っているかっ。私は、そんな、恋愛沙汰など、全然……はふぅ」

「……もしかして、照れてる？」

「う、うるさいっ、お前が変なことを言うからだっ。私はその……恋バナが……に、苦手で
……」

「ふーん……君にも弱点があったんだ？」

フィーナは勝ち誇ったように笑った。

「可愛らしくていいじゃないですか。乙女って感じで」

サラサが微笑む。

「か、可愛い!?　私がかっ!?」

ますますうろたえるマリーベル。意外と可愛い一面もあるんだな、と僕も驚いた。

と、そのときだった。

「グガァァァァァァッ！」

雄たけびが響き、巨大なイノシシが出現する。

体長は七、八メートルはあるだろうか。しかも全身が黒いオーラに包まれている。

ただの野生動物じゃない。確か『ダークボア』というモンスターだ。

「このっ」

僕はひのきの棒を構えた。僕のパワーじゃ叩くぐらいしかできないけど、牽制程度にはなるだろう。

「グガ…………………アッ……!?」

——と思ったら、『ダークボア』は怯んで逃げてしまった。

「強そうな見た目だけど、雑魚モンスターだったのか」

「……？　『ダークボア』は中の上くらいの強さはあったはずだが……」

マリーベルが怪訝そうにつぶやく。

「まあ、いいか。先を急ごう」

僕らはさらに進み——山頂へとたどり着いた。


「これが竜神——」

目の前に佇《たたず》んでいるのは全長百メートルを超える巨体だった。

鱗に覆われた巨躯と翼。全身から淡い光が立ち昇り、その荘厳さはまさしく竜の神。圧倒的な威容に全身が震える。

「下がっていてくれ。私が話す」

言ってマリーベルが進み出た。

「……大丈夫？」

「分からん。竜とは人知を超えた存在。その思考も、感情も、人が計り知れるものではない」

心配で声をかけた僕に、淡々と返すマリーベル。

「いきなりブレスを吐きかけられて全員焼き尽くされても不思議ではない」

「ち、ちょっと縁起でもないこと言わないでよねっ」

フィーナが怒る。

「お前は真っ先に燃やされるかもしれんな。いやむしろ燃やされるべきか」

「どういう意味よ!?」

「安心しろ、骨くらいは拾ってやる」

ますます怒るフィーナに、どこまでも冷静なマリーベル。

「まあまあ、マリーベルはみんなの緊張を和らげようとしてるだけだよ」

僕は慌ててフォローした。

「そ、そうですよ。冗談で場を和ませようと」

サラサもフォロー第二弾を入れる。

「あたしはちっとも和まないんだけど……」

フィーナが憮然《ぶぜん》とする。

「全員の気分を少し和らげようと思ったが……どうも冗談は苦手だ」

マリーベルがぽつりとつぶやいた。

――って、本当に冗談のつもりだったのか。

よく見ると、マリーベルの額から汗がにじんでいた。常にクールに見えても、やっぱり不安も緊張もあるんだ。

「マリーベル、僕らがついてる。大丈夫だ」

僕は彼女ににっこりと微笑んだ。せめて、少しでもそれを和らげたい。

マリーベルは小さくうなずき、竜神に向き直った。

「ここへ来たのはお願いしたいことがあってのことだ、竜神よ。どうか私たちの町に、少しだけ雨の恵みをいただきたい」

マリーベルが頭を下げる。

「ならぬ」

竜神の答えはそっけなかった。

「天候の運行は人の理《ことわり》によってするものではない。天の理《ことわり》によるもの。人の都合でそれを曲げることは相成らん」

「かつて、あなたの元に一人の冒険者がやって来たはずだ。その願いを叶え、あなたは雨を降らせてくれた」

マリーベルは退かない。

「今一度、同じように恵みをいただくことはできないだろうか？　私たちの町は存亡の危機に瀕《ひん》している。どうかご慈悲をお願いしたい」

「くどい。そのときはたまたま天の理《ことわり》と人の望みが一致したゆえ、雨を降らせただけだ」

竜神は頑として譲らない。

「だが、ここまで来たことに免じ――一度だけ機会をやってもよい」

「機会……？」

「儂《わし》との力比べだ」

「竜神と……」

僕らは全員ごくりと息をのんだ。

「悠久の時を生き、儂はいささか退屈しておる。ただの余興――だが矮小《わいしょう》な人間が儂を退けるほどの力を示したなら、それは天命と呼べるかもしれん。ゆえに雨を降らせてやろう」

うーん、どういう理屈なんだ？

「……それって『退屈だから、ちょっと遊びに付き合え』ってことなんじゃ」

「い、いや、断じてそんなことはないぞっ。というか、嫌ならいいんだ、別に。儂だって暇じゃないんだからな。あー忙しい忙しい」

「さっき退屈だって言ってたのに」

「う、う、うるさいうるさーいっ」

急に拗《す》ね出す竜神。いきなり神様の威厳が台無しだ。

「……分かりました、やります」

マリーベルが重々しくうなずき、場の雰囲気をシリアスに戻した。

「相手は竜神だ。お前たちは逃げろ」

「まさか一人で戦う気？」

驚く僕に、

「依頼は、竜神に頼みごとをすること。戦うことまでは入っていない」

フッとシニカルな笑みを浮かべるマリーベル。

「命を懸けるのは私だけでいい」

「そんなことできないよ！」

僕は思わず叫んだ。

「知り合って間もないけど――でも、ここまで一緒に来た仲間だろ。それに町を救いたいっていう君の願いに、僕も協力したい」

「ジーク、お前……」

「ええ、それでこそ勇者様です！」

サラサが同調する。

「ま、乗りかかった船だしね。君はともかく、苦しんでいる町の人たちを見捨てるのは寝覚めが悪いわ」

愛用の剣『レーヴァテイン』をスラリと抜き放つフィーナ。

「お前たち……やめろ。部外者にそんな危険を負わせるわけには――」

「ここで認めてもらえば、雨を降らせてくれるんだろ」

町を救いたい、と言っていたマリーベルの悲しげな顔を思い出す。

「みんなでやろう。竜神に力を示して、町を救うんだ」

僕はまっすぐマリーベルを見つめる。決意を込めて。

その気迫と眼光に押されたのか、

「……すまない。礼を言う」

マリーベルは僕らに順番に頭を下げた。

「フィーナ、お前とは正直、気が合わない」

「あたしもよ」

ふんと鼻を鳴らすフィーナ。

「だが一緒に戦ってくれること――心から感謝する。ありがとう」

「や、やめてよ、いきなりお礼なんて」

フィーナは顔を赤くして、うろたえた。

「もしかしたら、竜神に一瞬で消し飛ばされるかもしれないからな。言えるうちに言っておきたかっただけさ」

「……じゃあ、あたしも言っておくけど」

フィーナはぷいっとそっぽを向き、

「人を守るため、町を救うために命を懸ける――そんな君の心意気には打たれたわ。その……き、嫌いじゃないわよ」

頬がますます赤くなっていた。本当に意地っ張りな女の子だ。

「それを使わせてくれ」

マリーベルが僕に手を差し出した。

「SSR武器『フェイルノート』――私に使いこなせるかは分からないが」

「大丈夫だよ、マリーベルなら」

僕はアイテムボックスから青い宝弓を取り出し、彼女に渡した。

「あ、でも弓なんて使えるの？　マリーベルはガンマンだよね？」

「むう……」

フェイルノートを受け取ったマリーベルが言葉を詰まらせる。

ポウッ……！

ふいに宝弓がまばゆい輝きを放った。そのフォルムが弓から拳銃のような形状へと変わる。

『フェイルノート・拳銃形態《リボルバーモード》』といったところか。便利だな」

銃型になったSSR武器をマリーベルが構える。

「うん、グリップや重量配分もしっくりくる。気に入ったよ」

「戦う準備は整ったか？　ならば遠慮なくいくぞ」

竜神が吠えた。その雄たけびだけで、大気が激しく震える。腹の底にまで響くような、強烈なプレッシャー。

「矮小《わいしょう》なる人間たちよ。受けるがよい、偉大なる竜の力――」

竜神の口が大きく開く。

「【ファイアーブレス】！」

出た、竜の代名詞ともいえるドラゴンブレス。その威力は一つの都市を灰にするほどだとも言うけれど――

「あたしが防ぐわ！」

レーヴァテインを手にフィーナが飛び出す。

「【フレアウォール】！」

炎の剣であるレーヴァテインから真紅の火炎が渦を巻いて飛び出した。火属性同士で相殺するつもりだろう。

剣の炎と竜神のブレスがぶつかり、中空でせめぎ合う。

さながら火炎同士のつばぜり合い――

「ううっ……！」

押されているのはフィーナだった。額に汗をにじませ、必死の表情で剣を両手で支えている。

「なら、私が――」

マリーベルが拳銃型のフェイルノートを構えた。

「【乱れ撃ち一の型・鳳仙花《ほうせんか》】！」

放たれた無数の弾丸が竜神の全身を打ち据えた。

ごごごごごごおうんっ、と響く爆音。

「むっ……!?」

致命傷を与えるほどではないけれど、竜神はわずかにたじろぐ。同時に、フィーナの剣の炎もドラゴンブレスの炎もともに威力を失い、消滅した。

どうにか第一波は凌いだか。

「でも、次は防げない……！」

フィーナが荒い息を吐いてつぶやく。

「やっぱり竜神の力はとんでもないわね。ＳＳＲ武器じゃなければ、最初のブレスで全員消し炭よ」

「私の銃も相手の気を逸らすのが精一杯だ」

と、マリーベル。

「防げないなら、攻めるしかない」

僕は決断した。

やられる前にやる――シンプルな理屈だ。フィーナが体力のほとんどを使い果たした今、僕がやるしかない。

「マリーベル、援護お願い！」

叫んで、僕は飛び出した。

「ほう、これだけの力の差を見てもなお、儂に立ち向かうか！」

竜神の声に喜悦の色が混じった。

「面白いぞ、人間！　ならばせめて一矢報いてみせろ。興が乗った礼に、条件を下げてやる。

儂の身体に触れることができたら、雨くらいは降らせてやらなくもない」

降らせてくれるんなら、最初からそうしてほしい。

もったいぶっていたけど、もしかして竜神はただ暇つぶしの相手を探していただけなんじゃ……？

「だが、それはお前たちが儂に相応の力を示せたならば、だ！」

竜が体をうねらせる。

尾の一撃か。それとも爪か、牙か。

あるいはドラゴンブレスか――

「ジークはやらせない！」

マリーベルが銃を構えた。

「【乱れ撃ち二の型・水連《すいれん》】！」

無数の弾丸が一カ所に集中し、強烈な衝撃となって竜神をわずかに後退させる。

「むぅ、だが――我が鱗はいかなる攻撃も通さん！」

「それでもっ！」

竜神がマリーベルの銃撃に気を取られている隙に、僕はさらに加速した。

僕らの目的は勝つことじゃない。竜神に認められ、雨を降らせてもらうこと。そのための最善を尽くすんだ――

とっさにアイテムボックスを漁る。ＳＲとはいえ、鉄鍋は使えそうにない。やっぱり僕にはこいつしかない。

竜神の懐まで跳びこんだ僕は、ひのきの棒を振りかぶり、殴りつけようとした。

「あっ……!?」

が、手が滑り、ひのきの棒を投げ飛ばしてしまう。空中で曲線を描き、意外なほどのスピードで飛んでいったひのきの棒は――

ごつん

と竜神の左足に当たった。

「ほげぇっ!?」

竜神は大声を上げてもがいている。

「当たった……?」

何が起こったのか分からず、僕は呆然と立ち尽くした。

「まさか儂の古傷を狙うとは……! こ、これが勇者のセンスか……むむむ」

よろよろと体を起こした竜神がうなる。

いやいやいや！　偶然なんだって！

＊＊＊

「むぅ……人間よ、先ほどの戦い――見事だった。感服したぞ」

竜神がふうっと息を吐き出した。

「しかし、千年ぶりに儂の身体に触れる者が現れるとは驚いたぞ」

何やらぶつぶつとつぶやいている。

正直言って僕も驚いた。やたら強そうなのに、最後はあっさりひのきの棒が直撃したし。

「い、言っておくが、儂が弱いわけではないぞっ」

まるで僕の心を読み取ったように叫ぶ竜神。

「ともあれ――約束通り、雨を降らせよう」

体をうねらせながら、巨大な竜は天空へ登っていった。

ほどなくして、

「あ。今、ぽつって降りませんでしたか？」

サラサが空を見上げた。確かに、頬に冷たいものが当たったような――と思ったら、いきなり雨が降ってきた。

ぽつぽつ、と次第に量を増しながら。

「雨だ！　これでみんな救われる――」

マリーベルが声を上げた。

「よかったじゃない！」

フィーナが叫んで、彼女に抱きついた。

「ああ、よかった……本当に……うええ……」

泣きながら答えるマリーベル。

二人の少女は固く抱き合った。

「……って、なんで抱きついてるんだ。気持ち悪い」

「あたしの台詞よ！　ああ、もうっ。なんで君なんかに抱きついちゃったのかしら」

体を離して、ぷいっとそっぽを向いてしまうマリーベルとフィーナ。

と、マリーベルが僕の方に歩み寄り、

「その、なんだ……助かった」

目を逸らしながら言った。ばつが悪いのか、なんだか頬が赤いし、モジモジしている。

「初めて会ったとき、非礼なことを言ってすまなかった。撤回させてもらう」

言って、マリーベルは深々と頭を下げた。

「お前を侮辱してしまったんだ。気の済むようにしてほしい」

「へえ、じゃあ何でも言うこと聞くとか？」

フィーナがニヤリと笑う。

「……ああ」

「それじゃあ――」

フィーナはふんと鼻を鳴らし、

「ちゃんとジークくんにお礼を言いなさい」

「えっ？」

「出会ったとき、勇者が嫌いだって言ってたでしょ。でも彼はそういう勇者とは違う。それを認めて、ちゃんと口に出して」

フィーナがジッとマリーベルを見つめる。

「れ、礼を……言う。お前たち全員に」

マリーベルは深々と僕たち一同に頭を下げた。それから僕をチラチラと見ながら、

「そ、その、勇者は嫌いだが、お前のような奴も中にはいるんだな。す、少しだけ……認識を改めなくも、なくもなくもなくもない……」

ん、それってどっちなんだろう……？

「もう、素直じゃないわね」

フィーナがふんと鼻を鳴らした。

「うるさい黙れうざい」

ムッとにらむマリーベル。

「な、なんですってぇっ」

「うるさいからうるさいと言った」

さっきはあんなに抱き合っていたのに、また元通りだよ。

「まあまあ、仲良くしようよ」

僕が仲裁した。

「ちゃんと礼を言ってくれたじゃないか」

「……ふむ」

マリーベルが僕を見つめ、小さくうなった。

「こいつと仲良くする気はないが、約束通りお前の仲間になる」

「えっ、本当に？」

「借りができたからな。今度は私が返す番だ」

「じゃあ、よろしく頼むよ、マリーベル」

「……よろしく」

照れくさそうにしながらも、僕が差し出した手を彼女が握り返す。こうして、僕らには仲間が一人増えたのだった。

だんだん勇者のパーティっぽくなってきた……かな？

＊＊＊

【SIDE　マリーベル】
マリーベルは勇者が嫌いだった。以前、町に魔王軍のモンスターが現れたとき、勇者は大金で退治を引き受けた。だが怖《お》じ気づいたのか、戦わずに逃げてしまったのだ。

町は大きな被害を受け、結局そのモンスターは国の討伐軍がなんとか倒したのだが――

そんな例は他の町でも聞く。神から選ばれた存在として、無用に偉ぶり、傲慢《ごうまん》に振る舞い、中には理不尽な暴力を振るう者もいるという。

だから彼女は銃の腕を磨いた。勇者などに頼らなくても、大切な者を守れるように。

やがて魔王軍のモンスター程度なら、自力で倒せるまでの腕に成長できた。

そんな彼女が――よりによって、ＳＳＲ武器に選ばれた勇者の仲間候補として召喚されるとは。皮肉というしかない。

ただ、そこで出会った勇者の少年ジークは、彼女が毛嫌いしていた勇者像とはまるで違っていた。

決して偉ぶることなく、虚勢を張ることもなく。誰に対しても優しく、温かく、謙虚で。それでいて――決めるべきところでは圧倒的な力を振るった。

彼がいなければ、竜神に認められることも、町に雨を降らせてもらうこともなかっただろう。

ジークが、町を救ったのだ。だが彼はそれをまるで仲間の手柄のように語り、自らを誇ろうとはしない。

（いるんだな、こういう勇者も）

興味が湧いた。だから、ついて行こうと決めた。

ＳＳＲ武器召喚によって結ばれた、魂の絆のためではない。

彼女自身の意志で――

第四章　ＳＳＲ武器『カドゥケウス』と美少女僧侶

マリーベルを仲間に加え、戦力を充実させた僕たちは、ラクリスの隣国メターナにやって来た。

ラクリスみたいに本格的に侵攻されているわけじゃなく、魔王軍とは国境沿いでつばぜり合いの状態だ。僕らも最前線に援軍として駆けつけた。

「【フレアスラッシャー】！」

「【乱れ撃ち一の型・鳳仙花《ほうせんか》】！」

フィーナの剣が炎を発し、マリーベルの銃撃が矢継ぎ早に放たれる。

二人ともさすがに強い。魔族たちは次々と蹴散らされていく。

そいつらを率いていた中位魔族も、二人があっという間に倒してしまった。

「だ、駄目だ、退却ーっ！」

僕の出番ほぼゼロのまま、魔王軍は撤退していく。

そして、数時間後――

僕らは大勝利をもたらした勇者パーティとして王宮に呼ばれた。

「勇者よ、あなたたちのおかげで我が国に平和がもたらされました」

メターナ王国の女王様が僕たちをねぎらってくれた。

ここは王城の謁見の間。左右にはずらりと大臣たちが並び、口々に称賛の言葉を発している。

まさしく救国の英雄だ。

といっても、ほぼフィーナとマリーベルの手柄なんだけどね。

「今宵は勇者一行をもてなすため、宴を催します。どうか存分にお楽しみください」

玉座の女王様が気品のある笑みを浮かべる。

「やった、ごちそうですねっ」

隣でサラサが嬉しそうに言った。

「フィーナ姫、あなたも勇敢でしたよ。本当に立派に成長されて」

「恐れ入ります、陛下」

フィーナは恭《うやうや》しく一礼した。

「最後に会ったときは、まだこんなに小さかったのに。本当に強く、そして美しくなりましたね」

「い、いやですわ、陛下ったら」

照れたようなフィーナ。彼女はラクリスのお姫様だから、メターナの女王様とも親交があるらしい。

「素敵な少年ではありませんか。ああ、私《わたくし》もあと十年若ければ……」

「へ、陛下っ！」

フィーナが慌てたように叫ぶ。

「ふふ、冗談ですよ。ですが」

女王様の笑みに悪戯っぽい雰囲気が混じった。

「そのうろたえよう……やはり見立て通りでしょうか」

「あ、あたしは、ジークくんはあくまでも仲間で、そのっ……」

「恋はいいものですね。あなたの想いが叶うことを願っていますよ」

「……もう、陛下ったら」

恥じらうフィーナが可愛いかった。

＊＊＊

その日の晩餐——

豪華な料理がテーブルにずらりと並んでいた。

立食パーティーの形式で、参加者は思い思いに歓談したり、料理や酒を味わったり、という感じだ。中央のステージでは楽団や道化師の余興があったり、歌の演奏があったり、と楽しいパーティである。

「美味しいですね、勇者様」

「うん、がんばった甲斐があったよ。僕は何もしてないけど……」

僕とサラサはにっこりとうなずき合い、メターナの美味を堪能していた。山の幸も海の幸も豊富で、どのメニューも口の中が蕩《とろ》けそうなくらい最高だった。戦いの後だから、余計に美味しく感じられるのかもしれない。

「あ、これもいいですよ。お肉が口の中で蕩けそうです」

サラサがほんわかと笑顔になった。

「勇者様もどうぞ」

と、僕の皿にもよそってくれる。

「ありがと、サラサ……うん、美味しい」

「でしょう」

僕らは顔を見合わせ、幸せなひと時に浸った。すると、

「ほう、これはなかなか……どれ」

「あ、ちょっと、それはあたしが目を付けていたのよっ」

すぐ隣ではマリーベルとフィーナがぶつかり合っていた。僕らとは対照的にギスギスした雰囲気だ。

「ふん、王女のくせに意地汚いな」

「地位は関係ないでしょっ。あたしのものを横取りしないでよ」

「お前のものだという証拠がどこにある」

「あー、そういうこと言うわけっ？」

激しく衝突する視線の火花。

二人は相変わらずだなぁ……。

とはいえ、まあ心の底からいがみ合っているわけじゃないのは分かってる。

あれもきっと彼女たちなりのコミュニケーションなんだろう。

「ふふふ、なんなら決闘で白黒つけようか？」

「面白いじゃない」

「銃は剣よりも強い。名言だな、これは」

「ヘボガンマンより一流の剣士の方が強いと思うけど？」

「言ってくれるじゃないか」

「ふふふふふふ」

コミュニケーション……だよね？

＊＊＊

そんなパーティーから一夜が明けた。

「これでメターナも解放されたわね」

フィーナが嬉しそうに微笑む。

「子どものころに何度か遊びに来た国だし、平和になってよかった」

なるほど、思い入れのある場所なんだ。

「次は東方のカリス帝国ですね。近々魔族が侵攻を始めるのではという噂です」

と、サラサ。

「カリス帝国か」

　ここから国を三つほど隔てた、海洋国家だ。

「魔族が攻めてくる前に、ガチャを引いて装備を整えた方がよさそうだね」

　というわけで、ガチャ石板召喚。

「SSR武器を引けるといいな」

　と、マリーベル。

「いや、SSRが引けなくてもいいんだ」

　僕は首を左右に振った。

「そう、高レアリティなんて僕は望まない。Nでいいさ。むしろNを引きたい……」

　ぶつぶつと自分自身に言い聞かせる。

「な、なんかジークくんが無表情になってる!?」

「目に焦点がないぞ、ジーク」

　驚くフィーナと訝《いぶか》るマリーベル。

「前回は無心で引き当てたんだ。だから今度も無心で行こうと思う」

　N武器でOK、N武器でOK……と心の中でつぶやきつつ、フィーナに答える僕。

「勇者様、無我の境地ですねっ」

　サラサが叫んだ。

「そういえば、ガチャは『物欲』を察知すると、当たりの武器を出さないっていう噂があるわね——『物欲センサー』だったかしら」

と、フィーナ。

「物欲センサー？」

「つまり『当たりを引きたい』っていう邪念を感知すると、外れ武器やアイテムが排出されるの。あるいはレアリティ自体は高くても、狙いとは全然違うものが出たり」

「無心になること＝『物欲センサー』を封じること……確かに理屈は通っていますね」

「でしょ？　でしょ？」

フィーナとサラサは納得して、うなずき合っている。

そう、これが僕の編み出した新たなガチャ理論——『物欲センサーを封じて無心で引く』。

今度こそいいものを引いてみせる——って、これじゃ無心じゃないな。

N武器でOK……N武器で問題なし……そう……どんな武器でも天からの授かりもの……大事に使います……N武器でOK……。

僕は心の中で唱え直す。

雑念が消えるまで、何度も何度も。

「そういうのは、ただの偶然じゃないのか？」

マリーベルがぼそりとつぶやいた。

「……ノリが悪い女ね」

「私は客観的事実を言っただけだ」

ムッとしたようなフィーナに、言い返すマリーベル。

「あと、お前とノリを合わせようとは思わない」

「むむむ」

「ふん」

「まあまあ、二人とも仲良く」

相変わらずウマが合わないらしい彼女たちを仲裁する僕。

とはいえ、心の底からいがみ合っているわけじゃないのは、竜神の件でなんとなく分かっている。きっと、これも一種のコミュニケーションなんだろう。

「ねえ、この冷血女を仲間にするのやめない？　あたしがいれば、戦力的には十分でしょ、ジークくん？」

「近接戦闘しか能がない脳筋女など必要ないだろう。私がいれば十分だよな、ジーク？」

「誰が脳筋よ」

「誰が冷血だ」

にらみあうフィーナとマリーベル。

「どっちが役立つか、実戦で決着をつけるっていうのはどう？」

「その若さで命を無駄にしたいのか？」

「それが遺言になるけどいい？」

「そうだな、お前の遺言だ」

……き、きっと、これも一種のコミュニケーションなんだろう。

そうだよね……？

「でも無心で引くって難しいよね。やっぱりＳＳＲが欲しいし」

腕組みしてうなる僕。

「ふむ……では、『他のことに意識を集中する』というのはどうだ？」

マリーベルが提案した。

「他のことに……？」

「それによって、ガチャへの意識はゼロになるかもしれない。つまり『ガチャを引く』ことに関しては、無心状態だ」

「なるほど、賢い！」

うなずく僕。

「でも、どうすればいいんだろう？」

「私に考えがある。まずガチャの準備をしてくれ」

マリーベルに言われ、僕は石板を召喚した。

「よし、では――」

マリーベルは僕をチラチラと見て、なぜか顔を赤らめる。そして深呼吸をしている。

ん、どうしたんだろう？

「ジークには恩があるし……ち、ちょっと恥ずかしいが仕方がないっ」

マリーベルはそう言うなり、
むぎゅぅぅぅぅぅぅっ！

柔らかな体を押しつけるようにして抱きついてきた。

「えっ？　ええっ!?」

息が触れるほど間近に彼女の顔がある。

上目遣いに僕を見上げるマリーベルは、女の子らしい可愛らしさに満ちていて――心臓がドキドキしてきた。

「あーっ!?　ち、ち、ちょっと！　ジークくんに何してるのよっ！」

フィーナが絶叫した。

「これでジークの気を逸らすんだ。お前のようながさつな女では無理そうだし、サラサは恥ずかしがるだろうからな」

と、マリーベル。

「確かに、大胆です……！」

「その点、私ならクールにこなして……こ、こなして……ぇ」

って、マリーベルも十分恥ずかしがってるじゃないか。

でも、そんなところが可愛い、なんて微笑ましく思ってしまった。

「……勇者様、失礼いたします」

ふいにサラサが僕の手を取る。

その手を、ガチャ石板の中央に押し当て、タップさせた。同時に、虹色の光が弾ける。

「来ましたね、勇者様っ」

「きたわっ！」

「いいヒキだ、ジーク」

「うん、波が来てるっ」

先日に続いて、一週間ぶりにまたSSR武具をガチャで引き当てたのだ。

「……でも、それってマリーベルを意識したからこそ、だよね」

フィーナがぽつりとつぶやく。

「なんか悔しい」

「美人さんですもんね～、マリーベルさんは」

サラサも僕をじとっとにらむ。え、どうしたの、二人とも？

「ふふ、ジークは私を意識しているということか……」

マリーベルは嬉しそうに微笑み、さらに体を寄せてきた。

「あ、あたしだって負けないっ」

フィーナがなぜか対抗意識を燃やして、僕に擦り寄ってくる。相変わらず負けん気が強いんだな。

二つも年下なのに、スタイル抜群で色んなところが体に密着していると、やっぱりドキッとしてしまう。

ガチャから何が出るんだろうと、意識を前方に戻すと、光が一際《ひときわ》大きく弾けるところだった。

緑色に輝く長大な杖が現れる。先端に翼のような形をした飾りがついていた。

カドゥケウス
　レア度：ＳＳＲ
　　種類：杖
攻撃力：７００
　魔力：５１００
特殊効果１：所有者とその半径１０メートル以内の人間の幸運値を４０％上昇させる。
特殊効果２：状態異常を５０％の確率で回避。

サラサが例によって武器の能力を表示してくれた。直接的な攻撃能力よりサポートに長けた感じの武器なのかな？　さらに——

シュパァァァァアッ！

もう一度光が弾けて、一人の女の子が出現する。どうやらまたフィーナやマリーベルのときと同じく『仲間』が一緒に得られるタイプのＳＳＲ武器だったようだ。

「あらあら〜？　ここはどこでしょう」

腰まで伸びた青く長い髪は、澄んだ湖を連想させた。小柄な体つきに、垂れ布とタイツを組み合わせた僧侶風の衣装をまとっている。僕よりちょっと幼く見える、清涼感のある可愛らしい美少女だ。

「むー、また女の子ね……」

フィーナがぼそっとつぶやいた。

確かにすごく可愛い女の子だけれど……。

「どうも～、リルといいますぅ」

召喚された少女は可憐に微笑み、そう名乗った。この国の南方にある都市に住んでいる、僧侶見習いだそうだ。

僕はさっそく彼女にガチャのことやクエストエピソードのことを説明した。

「そういえば聞いたことがあります～。勇者様に召喚されると、願いを叶えてもらえるんですよねっ」

リルが嬉しそうに笑った。

「あ、でも……勇者様はお忙しいですよね？　私の個人的なお願いを聞いてもらうのは申し訳ないような……」

「それはガチャのシステムなんだし、気にすることないよ」

にっこり笑ってうなずく僕。

「僕の能力——『無料ガチャ』で召喚された者は、その願いを『クエスト』という形で依頼で

きるんだ。だから、なんでも言っていいよ」

できれば、簡単なやつを頼むよ……と、内心で付け加える。

「でも……やっぱり申し訳ないような……」

リルがモジモジして口ごもった。遠慮がちな性格らしい。

「いいのよ。あたしだってジークくんに願いを叶えてもらったし、今度はあたしが他の人たちの願いを叶える番。なんでも協力するわ」

「私もジークに恩を受けた。それを返したい気持ちは当然持っている。なんでも言ってくれ」

フィーナとマリーベルが言った。

「ほら、遠慮しないで」

促す僕。

「では――」

すうっ、と深呼吸して、リルが自分の願いを口にする。

「実は、聖なる祠《ほこら》に行きたいんです～」

「聖なる祠《ほこら》……？」

「私たちの宗派では一人前の僧侶になる際、祠で試練を受けるんです。無事にそれを乗り越えた者だけが、正式な僧侶として認められるのです～」

「試練の祠《ほこら》、か」

割とありがちな儀式だ。

「ちなみに祠《ほこら》には強力なモンスターや極悪なトラップがこれでもかと仕掛けられているそうです。命がけの試練になると思います」

「え、そんな危険な場所なの!?」

「僧侶になるためには、それくらいのことを乗り越えなければっ」

ぐっと拳を握りしめ、力説するリル。

「……でも僧侶になるのに、どうしてそんな戦闘的なことをする必要があるの？」

「私たちの信仰する女神様は闘争を嫌います。ですが、己の大切なものを守るために戦うことは否定しません。ですから、いざというときには大切なものを守る力を得るために——強くあれ、と」

「もしかして、リルの教団って強い司祭さんがいっぱいいるとか？」

「ええ、みなさん、本職の騎士や魔法使いも顔負けの戦闘能力を誇ります」

リルが語った。

「ですが、それは試練をくぐりぬけて司祭になってから身につく力。今の私には直接的な戦闘能力がほとんどありません。なので、ずっと断念していて——」

司祭未満は戦闘能力がほとんどないのに、そういうダンジョンを攻略しなければいけない、っていうのも難儀な話だ。

いや、だからこそ試練ってことなのかな？　簡単にクリアできたら、試練とはいえないだろうし……。

「じゃあ、僕たちでパーティを組んでいこう。アタッカーならフィーナやマリーベルもいるし。リルには全体の防御や回復をお願いできるかな。僕もできるかぎりやってみるから」

「わぁ、ありがとうございます、ジークさん～！」

リルが嬉しそうにぴょんぴょん飛び跳ねている。

「師匠もずっと私のことを心配してくれていて……やっと報いることができます」

「師匠？」

「教団の高位司祭で、私の育ての親でもある女性です」

誇らしげに胸を張るリル。つぶらな瞳はキラキラと輝いていて、その女性を本当に慕っているんだな、って伝わってくる。

「じゃあ、その人にいい報告ができるようにがんばろう」

「……命がけの試練、ね」

ぽつりとつぶやくフィーナ。

「大丈夫だよ。みんな強いんだし。あっさり乗り越えて、リルを僧侶にしてあげるんだ」

「ふむ。竜神と戦ったことを思えば、なんということもないな」

と、マリーベル。

「怖いのなら、お前は残ってもいいんだぞ」

「だ、誰が怖がってるのよ！」

「真っ青な顔の上に、今にも失禁しそうに見えたからな」

「あたしは怖がってないわよっ」

バチバチと火花を散らす二人。

「す、すみません、私のせいでケンカに……」

申し訳なさそうにリルが頭を下げた。

僕はにっこり笑い、

「あれは二人にとってコミュニケーションっていうか、じゃれあいだから。平気平気」

「――ところで」

マリーベルがこっちを向き直った。さっきまでフィーナとバチバチやってたのに、もう冷静に戻っていた。

ほらね、やっぱり二人とも本気でケンカしてるわけじゃなくて、ちょっとした意地の張り合いをしてただけだ。

フィーナの方は、まだぷいっとそっぽを向いてるけど……。

「司祭になれば、その仕事でしばらくは忙殺されるんだろう？　ジークは魔王退治の旅に出るんだから、仲間にはなれないんじゃないか」

たずねるマリーベル。確かにフィーナやマリーベルと違って、リルの場合はクエストをこなしても、パーティの一員になってもらうってわけにはいかないかも。

そう思って彼女を見ると、

「……すみません、マリーベルさんの言う通りです」

リルはすまなさそうに頭を下げた。

「一方的に願いだけを叶えてもらう、というのも失礼な話ですよね。やっぱり私、試練は一人で――」

「いや」

遠慮しようとした彼女に、僕は手を振った。

「困ってるんなら力になりたい。魔王退治だけじゃなく、目の前の人を一人一人救う――そういうのも勇者の仕事だと思うから」

「言うと思いました」

「お人よしね」

微笑むサラサに、苦笑するフィーナ。

「どのみち、リルの願いを叶えない限り、次のガチャは引けない」

と、マリーベルが言った。

「やるしかないな」

「みなさん……」

リルが感動したように瞳を潤ませる。

「申し訳ありません。お手数をおかけします」

「いいよ、これも何かの縁ってことで」

僕はにっこりと告げた。

さあ、ダンジョン探索へ出発だ――

＊＊＊

かつ、かつ、と石の床に四人分の足音が響く。あれから三時間ほど経ち、僕らは聖なる祠《ほこら》を進んでいるところだった。

フィーナと僕が前衛。真ん中にサラサとリル、最後尾にマリーベル、という編成だ。

何度かモンスターに遭遇したものの、フィーナの剣やマリーベルの銃により、難なく討ち倒していた。やっぱりフィーナもマリーベルも強い。

「すみません。私はまだろくに聖魔法《せいまほう》が使えないのでお役に立てず……」

と、リルが謝った。

聖魔法――神に仕える者だけが操れるという、神の奇跡を起こす魔法だ。

「司祭か、それに準ずる力を持った僧侶なら使えるはずなのに、私はまだ全然……」

「落ちこまないで。それに、その力を得るためにリルはここに来たんだろ」

僕は彼女を慰めた。

「みんながサポートするから。ね？」

「ありがとうございます、ジークさん」

リルはようやく微笑んでくれた。

よかった、やっぱり仲間が落ちこんでいるところは見たくない。みんなに笑顔でいてほしいからね。

「そういえば、リルはどうして司祭を目指してるの？」

「私を育ててくださった司祭様が、とても素晴らしいお方で……私も同じようになりたい、と」

僕の問いにリルが答える。ああ、さっきも言っていた教団の高位司祭で、彼女の育ての親っていう女の人か。

「えへへ、それだけなんです。優しくて美人で、でも戦うべきときにはとても強くて――僧侶としても、女性としても憧れます。目標なんです」

目をキラキラとさせて語るリル。

「そっか。なれるといいね、リルも」

「はい、がんばりますっ」

一生懸命がんばる彼女を見ていると、応援したくなる。

「ジークさんはどうして勇者に？」

今度はリルの質問ターンだ。

「これから、どうなさるおつもりですか」

「僕は……目の前で苦しんでいる人や傷つけられている人を守りたい、って思って。その力があるなら、使いたい――それだけだよ」

答える僕。

「といっても、ここまではフィーナやマリーベルの力に助けられている部分が大きいんだけど。後は他の勇者たちの力とか」

「もう、勇者様自身だって大活躍したじゃないですか」

と、なぜか不満げなサラサ。

「そうよ。ラクリスでは高位魔族だって倒しちゃったし」

「あれは他の勇者との戦いで弱っていたところを、僕がとどめを刺しただけ」

「竜神の身体に触れることもできたぞ」

「あれは、たまたま当たっただけだよ」

だって、僕の持ってるひのきの棒ってNだよ、N。

「サラサだって、ひのきの棒を鑑定しただろ。N武器に間違いないって言ってたじゃないか」

「ええ、確かに……」

サラサは自分の鑑定を思い出すようにうなずく。

「まあ、理屈はともかくジークくんはめざましい活躍をしてきたんだし、いいじゃない」

フィーナがとりなす。

「とにかく――僕はまだまだ周囲に助けられてばかりなんだ。だから、もっと僕自身が強くならなきゃいけない」

「……なるほど、なんとなく分かりました」

リルがくすりと微笑んだ。

「あなた自身や仲間の方々の反応を見れば、どのような道筋をたどってきたかは伝わります。多くの人を救い、仲間に慕われ、それでいて決して慢心せず、さらに己を磨く――勇者らしく進んできたのですね、ジークさん」

なぜかべた褒めされた。

「まだまだだよ」

「ふふ、また謙遜なさって」

謙遜じゃないんだけどなぁ。

と、

「あ、ちょうど中間点みたいですね」

リルが地図から顔を上げ、前方を指差した。巨大な扉が行く手を阻んでいる。

「この扉を開けばいいみたいです。ただし、生半可な力では開かないので、知恵を使うしかありません」

見れば、扉の側に碑文が彫ってある。

『朝は四本足、昼は二本足、夜は三本足。この動物は何か？』

と、書かれてあった。一種のクイズになってるんだろうか。

「これを解けば、扉が開く仕組みのようです」

「解けそう？」

「……やってみます」

と、うなずくリル。

るおおおおおおおおおおおおおおおおおおんっ！

そのとき洞窟内に雄たけびが響き渡った。

「ひあぁぁぁぁぁっ!?」

いきなりリルが悲鳴を上げて僕に抱きついてくる。むにっ、と柔らかな感触が二の腕に伝わる。

「リ、リル……？」

僕は思わず声を上ずらせる。

今当たっているのって、やっぱりリルの、その、おっぱい……だよね？　決して大きくはないけど柔らかくてぷにぷにしていて、触れているだけでひたすら気持ちいい。

艶めかしい膨らみの感触に、僕はドギマギしてしまう。

「モンスターの気配がします……私、見た目が怖かったりグロかったりする生き物って苦手で……」

青ざめた顔で告げるリル。

「確かにかすかな獣臭もするし、モンスターが近づいてきているようだ」

マリーベルが銃を抜いた。

「……それはいいけど、いつまでジークくんにしがみついてるの、リルちゃん？」

フィーナがなぜか険悪な表情だ。

「それとジークくんもデレデレしないっ」

別にデレデレしたつもりはないけど……。

「ヤキモチはみっともないぞ」

「だ、だ、誰がヤキモチよっ」

マリーベルのツッコミに、フィーナは顔を赤くして叫んだ。

「と、とにかく備えましょう。勇者様とリルさんも離れてください。く、くっつきすぎですっ」

なぜかサラサもちょっと怒ったような顔だ。

と、そのときだった。

ぐおおおおおおおおおおおおんっ！

雄たけびとともにモンスターの一群が現れる。リルが解答に集中するためにも、モンスターは僕らで引きつけないと。

「任せて。行くわよ、レーヴァテイン！」

愛用の長剣を手に、フィーナが真っ先に突っこんだ。赤い刃が振るわれる度に、モンスターが倒れていく。さすがの強さだ。

「あれくらいの数なら私が一気に殲滅できるぞ」

言って、ＳＳＲ武器『フェイルノート』を取り出すマリーベル。閃光とともにフェイルノートが弓から銃へと変化する。

マリーベルは腰だめに構え、銃撃を放った。

轟音とともに二十を超える火線が縦横に駆け抜けた。たちまちモンスターたちが吹っ飛ばされる。

「ち、ちょっと、マリーベル！　こんなダンジョンで銃なんて使わないでよ⁉」

「問題あるか？」

「おおありよっ。あたしたちまで危ないじゃない」

銃弾が壁に当たると、猛スピードで跳ねる。跳弾というやつだ。

それが味方に当たる危険性も当然あった。

「外さなければいい話だ。私の銃撃は正確無比。問題ない」

怒るフィーナに、マリーベルは冷然と応じる。

「むしろお前の方こそ心配だな」

言って、また銃撃でモンスターを倒す。

「討ち漏らしたモンスターがこっちを襲いそうだ」

「君がいきなり銃をぶっぱなすから集中が乱れるのよ」

「人のせいにするのはよくないな」

「君のせいでしょ！」

うーん、この二人は戦闘でも相変わらずだなぁ。

「よし、ここは僕が前衛で出るか」

「ひぁぁぁぁぁぁ……」

って、リルがしがみついていて、前に出られない。

「リル、ちょっと放してもらってもいいかな？　僕も行かなきゃ」

「あわわわわわわ、モンスター怖い！　モンスターグロ！　気持ち悪い!!」

がたがた震えて、リルは僕から離れない。その間もフィーナとマリーベルは連携が悪く、モンスターに追いこまれ始めていた。

このままじゃ、まずい――

「リル、今は碑文の解答に集中して。僕が行ってくる」

「は、はい……すみません、ついパニックになってしまって……」

ようやく落ち着いたらしい彼女は、僕を放してくれた。

「ああ、もうっ。いいかげんにしてよ、マリーベル」

「こっちの台詞だ」

ぶつかり合う二人の元に駆け寄る僕。

「僕が前衛を代わるよ。フィーナはもう少し後ろのポジションで」

と、二人をとりなした。

「……まあ、ジークくんが言うなら」

「了解した」

よし、二人に任せてばかりじゃなく、僕だって少しは活躍するぞ。勇者として。

……といっても、使うのは相変わらずのN武器なんだけど。

三年間で集めたSRやR武器は、ラクリスでの戦いで全部壊されちゃったからなぁ。あれ以来、戦闘に使えそうなSRやR武器は補充できていない状態だ。

ともあれ、今は手持ちのN武器でやりくりするしかない。

猛スピードで迫るモンスター群を見据える。

今回は攻撃速度重視でひのきの棒じゃなく革のグローブを選択した。

僕の攻撃力じゃ、まともに戦っても立ち向かえない。ここは防戦主体で――

るおおおおおおおおおおおおおおおんっ！

戦略を練っていると、先頭のモンスターが光弾を吐き出した。

「うわ……っと」

僕はとっさに革のグローブをはめた両手でそれを受け止める。

「あちち……」

グローブを通じてものすごい熱が伝わり、顔をしかめる僕。それでも強引に攻撃をそらすことができた。

が、さらに他のモンスターも次々と光弾を撃ってきた。

「このーっ！」

僕は両手のグローブであるいは受け止め、あるいは弾き、リルたちが攻撃に巻きこまれないように必死で凌ぐ。

さながら西方や南方大陸などで大流行している『蹴球《サッカー》』のゴールキーパーのように。ファインセーブ連発である。

「ばっちこーい！　僕が全部防いでみせるっ」

気合を入れるものの、しょせんは防戦一方。雨あられと放たれる光弾の前に、じりじりと押され始めていく僕。

もう少しだ。リルが碑文の謎を解くまでの時間をなんと稼ぐ――と、なおも光弾を弾きまくっていると、

「子どものころはハイハイをしているから四本足。大人になれば二本足。老人になれば杖を使うので三本足。つまり答えは人間です――あ、開きました！」

リルが嬉しそうに叫んだ。

碑文の謎を解いたらしく、巨大な扉がギギィと軋みながら開いていく。

「よし、行こう」

ごがっ、とモンスターの最後の一体をぶっ飛ばし、僕はみんなに言った。

さらに先へと進む。

その後も、現れたモンスターをフィーナが斬り伏せ、無数のトラップをマリーベルがことごとく看破し――

「あ、最深部みたいです」

リルが前方を指差した。

いよいよ、ここまで来た――

壁奥に巨大な石碑がそびえていた。古ぼけているけど、どこか荘厳さを感じさせた。

「よく来ました、我が使徒よ」

その石碑から声が響く。同時に、背中から翼を生やした女性の映像が出現した。超然とした美貌は見る者を圧倒するような神々しさを放っている。

「女神様」

リルはその場に両膝をつき、恭《うやうや》しく頭を下げた。

「あら、今回の司祭候補は随分と可愛い娘ですね」

女神様が微笑んだ。

「萌えますわ」

「も、萌え……？」

「ちっちゃいし、愛らしいし、ささやかな胸もいい感じですね。ますます萌えますわ」

なんだ、この女神様は……？

「ねえねえ、ところで恋人はいるのですか？　恋はしてる？　片思い中とか？」

「えっ？　えっ？　め、女神様……？」

「いいじゃないですか。教えてください」

戸惑うリルに、女神様は爛々と目を輝かせて迫る。

「その、恋というものをしたことがないので……」

「へえ、初恋もまだなんですか。じゃあ――」

女神様が僕を見て、にっこり笑う。

「彼なんてどうです？」

あのー、女神様……？

僕はさすがにジト目で女神様を軽くにらむ。

「えっ、ジークさんですか!?」

リルが戸惑う。

「わ、わたしは、その……はわわわ……」

真っ赤な顔でモジモジし始める。初心《うぶ》だなぁ。

よし、ここは僕が話を前に進めよう。

「僕らは知り合ったばかりなので。それにあくまでも仲間ですから」

にっこりと女神様に告げる。

「あら、こんな可愛らしい女の子といても、全然意識しないのですか？　あ、でもパーティが美少女ぞろいだからよりどりみどりなのかしら？」

「彼女たちも、みんな仲間です。そういう恋愛感情とかは」

さらりと答える僕。

「勇者様、あまりきっぱり言われると……うう」

「むむ……意識されてない……？」

なぜか背後でサラサとフィーナが嘆いている。

「仲間か……そ、そうだな、あくまでも私とジークは仲間。別に恋心的な何かは期待してない……き、期待していないからな」

マリーベルもなぜか動揺してるみたいだ。

「ふふ、女心を理解するように努めなくてはいけませんよ、勇者」

「？　あ、はい、がんばります」

女神様までよく分からないことを言ってきたけど、とりあえずは素直にうなずいておく。

「では、本題に移りましょうか」

え、今までの話は本題じゃなかったの？　てっきり何かの導入かと思っていた。

「今の話はただの趣味です。人間と話す機会は少なくて」

微笑む女神様。

「こんな場所に一人で祭られていると退屈で退屈で……ときどき来る司祭候補の奮闘ぶりを楽しませてもらったり、たどり着いた者と恋バナしたり、時には恋バナしたり、挙句の果てには恋バナしたり」

どんだけ恋バナ好きなんですか。

「僧侶リル。あなたはこの危険な道中を乗り越えるための仲間を集い、そして見事たどり着きました。仲間を得られる『人望』。試練を乗り越えた『知恵』と『勇気』と『機転』。いずれも人を癒し、導く司祭にふさわしい者と認めます」

なるほど、この危険な試練にはそういう意味があったのか。

『なんなの、この女神さまは』とか思って、すみませんでした。

「――なんて、一応それっぽいことも言っておかないとね」

……あのー、女神様……？

「ともあれ、あなたには私からの祝福を授けましょう。今日から司祭見習いとして励みなさい」

「ありがとうございます、女神様！」

リルは嬉しそうに言って、頭を下げた。

「そして、もう一つ。これも持っていきなさい」

女神様が差し出したのは、分厚い書物だった。

「古文書……？」

つぶやくサラサ。

「かつて神と魔王が戦った際の記録のようです。第一級の聖遺物ですよ」

と、リルが目を輝かせ、それを受け取った。

「あの、見てもよろしいでしょうか」

「もちろんです。それはもうあなたのものですよ」

「へえ、古文書ってどんなことが書いてあるの？」

リルがぱらぱらと書物をめくると、フィーナが興味津々という感じで覗きこむ。

「『スペシャルチケット』……？」

あるページに目を留め、フィーナがつぶやいた。

「えっ」

「『チケット』のありかを示すものですね。地上に現存していたなんて……！」

反対側からページを覗きこんでいたサラサがうなる。

「チケットって何？」

「とある種類の武器を１００％近くの確率で引き当てることが――」

僕の問いに彼女が答えようとした、そのときだった。


ゴゴゴゴゴゴゴゴゴゴゴゴゴゴゴゴゴッ！


地鳴りのような轟音とともに、周囲を激しい揺れが襲う。壁に、天井に、地面に無数の亀裂が走った。

「いけない！　ダンジョンが崩れます――！」

リルが慌てたように叫んだ。女神様が微笑む。

「そう、これが最後の試練です。さあ乗り越えられるかしら、みんな。私はワクワクして見守っているわね」

言うなり、姿を消してしまう。

「……絶対楽しんでますよね、女神様」

僕は憮然とつぶやいた。

この試練自体、単なる女神様の趣味って気がしてきたぞ。

＊＊＊

崩れる通路を駆け抜け、僕らは出口へと向かった。

天井が、壁が、床が、すさまじい轟音とともに次々に崩落していく。まるで逃げる僕らを追いかけるようにと、

「天井が――」

サラサが叫んだ。見上げれば、真上の天井が崩落寸前だ。

「危ない！」

僕はとっさにリルの体に覆いかぶさった。直後、背中に強烈な衝撃が走る。落下してきた破片が直撃したのだ。

「ジークさん!?」

「リル、大丈夫……？」

痛みに顔をしかめつつ、僕は体の下にいる彼女にたずねた。

「私は平気です。ジークさんが助けてくれましたから……」

「よかった」

僕はゆっくりと立ち上がった。まだ痛みはあるけど、立ち止まっている場合じゃない。

「さあ、急ごう」

僕らは前方のサラサたちを追いかけようとする。が、その道を崩れ落ちた岩が塞いでいた。さっきの崩落で、サラサたちと分断された格好だ。

「しまった――」

「私のせいです……申し訳ありません」

リルが悲しげにつぶやいた。

「私、足手まといになってばかりです。さっきの碑文のところでも、モンスターが怖くてパニックになってしまいましたし。今もジークさんに怪我を」

「リル……」

「SSR武器で召喚されたのに、みっともないですよね。私はフィーナさんやマリーベルさんみたいに強くなくて。能力も低くて」

「そんなことないだろ」

僕は落ちこむ彼女を慰めた。

「最終的に碑文を解いたのはリルだ。それにパーティなんだから、それぞれが得意なことをがんばって、苦手なことはみんなで補えばいい。仲間っていうのは、そういうものだと思うよ」

SSR武器召喚によって魂の絆を結ぶ――『仲間』。でもそんなこと以前に、僕らは仲間だ。弱い部分があるなら、それはお互いに助け合えばいい。

支え合えば、いい。

「……ジークさん」

「さあ、立って。どうにかここを脱出しよう」

とはいえ、この分厚い岩をどうするか。

「ジークくん、大丈夫？　あたしが『レーヴァテイン』で岩を吹っ飛ばすから、下がってて」

「あ、待って！　下手に壊すと崩落がひどくなるかもしれない」

岩の向こう側にいるフィーナに、僕は慌てて制止の声をかけた。

レーヴァテインの威力は強力だけど、技を使えば爆発が起きる。この状況では洞窟自体がますます崩れかねない。

かといって、マリーベルの銃弾では岩は砕けない。僕の持っているN武器でも、こんな大きな岩を壊すのは無理だろう。

さて、どうするか——

「女神よ、我らが行く手を塞ぐものを知覚し、我らが行く先を示し、導きたまえ——【ホーリービジョン】！」

リルの声が、響いた。

「えっ、リル……？」

もしかして、これは聖魔法？　神に仕える者だけが——その中でも高位の力を持つ僧侶だけが使うことのできる、神の力を借りて行う奇跡。その力に、リルが目覚めた——？

「これは――」

「見えます……いえ、感じ取れます。脱出ルートが」

言って、リルは壁際に向かった。

「みなさんは先に行ってください！　私とジークさんは別のルートから脱出します」

「え、ですが……」

壁の向こうからサラサたちの戸惑ったような声が聞こえる。

「信じてください。私を。私の、神に仕える者としての力を」

リルが凛とした声で告げた。さっきまでの、どこか自信のない口調じゃなく、僧侶としての使命感に満ちた口調で。

「あなたのおかげで、やっと自覚できました。頼ってばかりだった私ですけど、ここは――私が導きます」

リルはどこか吹っ切れたような態度だった。

「ああ、頼む」

「さあ、行きましょう。今の私は聖魔法の効果で、十分間だけ洞窟内のすべてを知覚できます。ここから迂回して脱出ルートを進みましょう」

「みんなも聞いた通りだ。出口のところで合流しよう！」

言って、僕はリルの案内で走り出した。

「勇者様もお気をつけて。私たちは先に脱出しています！」

「気を付けてね、ジークくん、リルちゃん！」

「死ぬなよ」

岩の向こうからサラサ、フィーナ、マリーベルの声が聞こえる。

僕らはひたすら走った。床が崩れる前に走り抜け、落ちてくる天井の欠片から逃げ、ひたすら前へ。さらに前へ――

＊＊＊

リルの案内は完璧だった。

まるで地図でも見ているかのように、淀みのない案内で洞窟内を進み――どうにか祠から脱出することができた。

ず……ん！

出口から飛び出した瞬間、地下が完全に崩壊したようだ。

危なかった。まさに間一髪――

「勇者様！」

一足先に脱出していたサラサ、フィーナ、マリーベルが駆け寄ってきた。

よかった、全員無事だ。

「ありがとうございました、勇者様。おかげで試練を無事に終えることができました」

リルが丁寧に頭を下げる。

「同期の人たちが次々に司祭になる中で、私だけが遅れていて……ちょっと焦っていたんです。本当に感謝しています」

「よかった。これで念願が叶ったんだね」

にっこり笑う僕。

と――ふいに腕や足に痛みが走った。リルがハッと顔をこわばらせる。

「っ……！　ジークさん、血まみれですよ!?」

「あ、痛いと思ったら、どうりで……」

見下ろすと、服の上から血がにじんでいた。たぶん、大半は擦り傷だと思うけど……。

「い、今、治療しますっ！　【ラージヒール】！」

リルが呪文を唱えた。

途端に痛みがすうっと引いていく。どうやら聖魔法はもう自在に使えるらしい。

「ありがとう」

「お礼を言うのは私の方です。私が僧侶として目覚められるよう、導いてくれました。それに――」

リルは悲しげに僕の傷口を見つめ、つぶやいた。

「身を投げ出してかばってくださって……」

「夢中だったから……えへへ」

僕は照れ笑いを浮かべつつ、

「フィーナやマリーベルみたいにモンスターをバシバシ倒すのは無理だけど、仲間を守ること
なら僕にだってできるからね」

「仲間……」

リルがつぶやき、僕を見つめた。

「……ありがとうございます、ジークさん……いえ、勇者様」

【SIDE　リル】

リルは礼拝堂に一人たたずんでいた。

「仲間……ですか」

ぽつり、とつぶやく。ジークは、彼女のことをそう言ってくれた。

仲間だと――認めてくれた。

リルは今まで聖魔法が使えない自分に、ずっと自信が持てずにいた。だが、そんな自分を
ジークは支え、認め、欠けていた自信を与えてくれたのだ。

だから、目覚めることができた。

ジークが側にいなければ、今も自分はくすぶっていたままだっただろう。

一緒にいた時間は、ほんのわずか。

だが、それ以上の濃密な時間を過ごせたと思う。自分の願いを叶えるために、ともに戦って

くれた彼らには、感謝の思いしかない。

「でも、ジークさんたちとはここでお別れ……」

ふう、とため息をつく。彼らには勇者としての使命が、リルには司祭の仕事が、それぞれ待っている。

「そう、私は司祭として、多くの人を見守り、彼らの幸せのために祈る……」

口に出して自分の使命を再確認する。

それはずっと望んでいたことだった。

何年も目標にしてきたことだった。

なのに、なぜだろう。喜びよりも、迷いと未練の方が大きいのは。

「私は……どうすればいいのでしょう、女神様……」

祈りながら、心の内に問いかける。

「どうしたのですか、リル」

柔和な笑みを浮かべた女司祭が歩み寄ってきた。彼女の育ての親であり、この教団の高位司祭を務める女性でもある。

「実は――」

と、自分の胸の内を明かした。

正直、自分自身でも何を迷っているのか、正確には把握できていない。ただ、明日でジークたちとお別れだと思うと、胸がざわめくのだ。

どうしようもなく――

「答えはとてもシンプルだと思いますよ、リル」

司祭が微笑む。

「ですが、私には女神様に仕える使命が……」

「まずは世界を回り、見聞を広めなさい。僧侶としてだけでなく、人としてももっと大きくなり、それから改めて司祭の仕事をすればよいのです」

「司祭様……」

「それに、もう気持ちは決まっているのでしょう？」

と、司祭。

「あなたは、自分の使命とあなたの心の欲するところに従って行動すればよいのです」

「司祭様……」

「彼らと――特に、あの少年と一緒にいたいのでしょう？」

「私は……」

ジークの笑顔が自然と心に浮かぶ。

「私の気持ちは――」

胸がどきんと高鳴った。

＊＊＊

そして、次の日。リルは晴れて司祭に任命された。嬉しそうな笑顔で神殿から出てきた彼女が、僕らの元に走ってくる。

「がんばってね、リル」

彼女をねぎらう僕。正直、これでお別れかと思うとやっぱり寂しい。だけどリルにはリルの人生がある。

僕が魔王討伐を目指すように、彼女は司祭として多くの人を癒していくんだろう。それを邪魔するわけにはいかない。

応援してるよ、リル。

すると——

「待ってください」

立ち去ろうとしたところで、リルが追いかけてきた。

「ん？」

「私もご一緒させていただけませんか？」

振り返った僕に、リルが言った。

「え、でもリルは司祭の仕事が……」

「その司祭の仕事として、です」

リルはにっこりと笑った。

「多くの人を救うであろう勇者の手助け――それは司祭にとっても有意義な仕事であり、使命でもあります。それに……」

彼女のつぶらな瞳が僕を、そしてサラサやフィーナ、マリーベルを順番に見つめる。

「みんなは私のためにがんばってくれました。今度は私がお礼をする番です」

「そういうことなら。これからもよろしくね、リル」

「こちらこそ、今後ともよろしくお願いします」

ぺこりと頭を下げるリル。

「わあ、歓迎します～」

サラサが嬉しそうだ。

「一緒にがんばりましょっ」

「どこかの誰かと違って冷静な判断力と大人の余裕を持ったリルなら、大歓迎だ」

フィーナとマリーベルも喜んでいた。

「……どこかの誰か、って誰のことかしら」

「さあな。自覚があるなら直したらどうだ」

「むむむ」

「ふふふ」

最後は火花を散らす二人がオチになりつつ――僕らのパーティはまたにぎやかになったのだった。

第五章　挑め、討伐戦

小高い丘の上で、僕とフィーナは木刀で打ち合っていた。旅に出てからの日課にしている訓練である。

勇者はレアリティの高いガチャ武器を装備すれば、それだけで強くなれる。だけど、僕みたいに低レアの武器しか持っていない勇者はそうはいかない。地道に実力を底上げして、武器の弱さをカバーするしかない。

というわけで、ここ二週間ほどは彼女に訓練してもらっているのだ。

「いくわよ、ジークくんっ」

鋭い打ち下ろし。

稲妻のような突き。

嵐のような薙ぎ払い。

フィーナの木刀があらゆる角度から、すさまじい速さで打ちこまれる。

「やっぱり、強い――」

僕はそれを凌ぐのに精一杯だ。それでも何とかついていけるのは、日課の訓練を続けて、少しずつ彼女の剣に慣れてきているからだろうか。

「ジークくんもやるじゃない。じゃあ、もっと強くするわねっ」

微笑み、さらに剣速を上げるフィーナ。

「くっ……！」

防ぎきれなくなり、やがて僕の木刀は彼女の一撃によって跳ね飛ばされた。

「うーん……まだまだだなぁ」

剣技ではとても彼女に敵わないみたいだ。

「お互いに木刀だしね。普段の武器を使えば、結果は違うと思うわよ？」

「フィーナの武器はSSR武器の『レーヴァテイン』でしょ？　僕は単なるひのきの棒だから、実戦じゃますます敵わないって」

「そうかしら……？　むしろ実戦ならジークくんの方がずっと強いと思うんだけど」

なぜかジト目のフィーナ。

いや、今までの戦いはなんとなく運がよかったけど——そんな幸運が都合よく何度も続くはずがない。だからこうやって基礎的な実力を鍛えていくしかないんだ。

「二人とも、おつかれさまです～」

と、リルがにっこり笑顔で現れた。

両手にタオルを持ち、とてとてと可愛く歩いてくる。

「調子はどうですか、お二人とも？」

はい、どうぞ、とリルがタオルを差し出す。

僕らは礼を言って受け取った。

「訓練を始める前に比べて、ジークくんはかなり上達してる。教え甲斐があるわね」

にっこりと説明するフィーナ。

「……それに訓練中は二人っきりになれるし」

半ば独り言のように付け足す。

甘えん坊だなぁ。まあ、僕より二つ年下だしね。

「フィーナさん、素敵です。恋の情熱が伝わってきます」

「や、やだっ、恋って」

「恋する乙女の目をしてますっ」

「もうっ、恥ずかしいじゃない……」

はしゃぐリルに、顔を赤くするフィーナ。

恋に恋する年ごろなんだろうか。本気で僕に恋してる、とかじゃないだろうし。

「ふふ、照れるところも可愛いですよ」

「やだやだ、リルったら」

笑い合う二人は微笑ましい雰囲気だ。気持ちが和む。

ちなみに、新たに仲間に加わってくれた彼女のステータスはこうなっていた。

リル　クラス：僧侶

レベル：24
　体力：110
　魔力：420
　攻撃力：50
　防御力：330
　敏捷性：80
所持スキル：聖魔法（レベル7）
　神の奇跡を具現化させる。発動には術者の強い意志力が必要。
：直感（レベル62）
　あらゆる知覚を大幅に向上させ、真理にたどり着く。

この間の試練で使えるようになったばかりの聖魔法は、時間を見つけては鍛錬しているらしく、レベルがグングン上がっている。フィーナやマリーベルと同じく心強い仲間だった。

僕も、もっとがんばって強くならないとね。

……その後、僕らは訓練を終えて、サラサたちのところに戻った。

ここはメターナ王国の国境付近だ。次の目的地は東方にあるカリス王国。ここからまっすぐに国を三つ越えた場所にある。

ただ、その前にガチャを回して戦力アップを図ろうという感じだった。

……相変わらずN武器やアイテムばっかり引いて、その都度雑用的なクエストをこなしてるんだけど。

その合間にフィーナと訓練してるから、僕の地力自体は上がっているはずだ。後は僕にも使えるような、レア度の高い武器やアイテムを引き当てたいところだけど――

滞在している宿の部屋に入ると、サラサとマリーベルがこの間の古文書を読んでいた。

「おかえりなさい、勇者様。あ、面白い記述を見つけたんです」

サラサがページから顔を上げる。

「天界武具《ヘブンズウエポン》が手に入るかもしれませんよ」

「へぶんず……何それ？」

「魔王クラスの魔族に絶大なダメージを与える聖なる武具です」

たずねる僕にサラサが答えた。

「LR《レジェンドレア》の一種で、本来は天使の専用武器なのですが、一定の条件下で人間が扱うことも可能です」

「それを手に入れれば、魔王と渡り合うこともできる、ってこと？」

「はい」

うなずくサラサ。

そんなすごい武器を入手できるかもしれないのか……！

僕は興奮を抑えきれない。

「じゃあ手に入れましょうよ」

フィーナが身を乗り出す。

「ですが、天界武具《ヘブンズウェポン》は地上に存在しないのでは……？」

と、これはリル。

「ん、どういうこと？」

僕がたずねると、リルは、

「数百年に一度、神が選んだ勇者に授けられる武具。それが天界武具《ヘブンズウェポン》だと教団で聞いたことがあります。狙って入手することはできない、と」

「それを手に入れるための唯一の手段が――『スペシャルチケット』です」

人差し指をぴんと立てて、サラサが得意げに語った。妙にドヤ顔だ。

「とある条件で手に入るチケットを使うと、特別なガチャを回せるんです。ほぼ１００％望んだ天界武具《ヘブンズウェポン》が手に入る、と古文書に載ってました」

「じゃあ、僕が天界武具《ヘブンズウェポン》を手に入れられるかもしれないんだ」

「ええ、天界武具《ヘブンズウェポン》を扱えるのは勇者様だけですから、今度こそ専用武器を手にできますよ」

サラサが微笑む。

今まで引き当てた三つのＳＳＲ武器は、それぞれフィーナ、マリーベル、リルの三人が使っている。だから、僕の武器は未だにひのきの棒で、勇者としてはちょっと肩身が狭かったりするんだけど。

でも、天界武具《ヘブンズウェポン》が手に入れば、そんな肩身の狭さともさよならだ。

「そして、もう一つ――」

サラサがずいっと顔を近づける。

鼻息が荒いぞ、どうしたんだ？

「天使が『仲間』になります……っ！」

頬を紅潮させ、興奮した顔で語るサラサ。

「天使？」

「SSR武具を召喚すると、フィーナさんたちみたいに『仲間』を召喚することがあるでしょう？　それと同じで天界武具《ヘブンズウェポン》を入手すると、天使が『仲間』として召喚されるんです」

言いながら、サラサがデレーッとした笑顔になる。

「うふふふふ」

「どうしたの、サラサ？」

さっきから妙に気持ちが高ぶってない？

「だって、私も天使ですもの」

満面の笑みで告げるサラサ。

「これで名実ともに勇者様の仲間になれるかもしれませんね」

「えっ、サラサが天使？」

僕は驚いた。

「単なるナビゲーターじゃなかったの？」

「ナビゲーターではありますけど、私だってれっきとした天使ですよ」

サラサが微笑む。

「そうだったのか……」

今明かされる、衝撃の事実。

「……勇者様、私のことを今までなんだと思ってたんです？」

「んー……浮遊霊みたいな？」

「ひどい！　私、死人じゃないですっ」

「だ、だってサラサだってちゃんと正体を明かさなかったじゃないか」

「……言い忘れてました」

うっかりさんだなぁ。

まあ、そういうところがサラサらしいかも。

「そういえば、天使って翼とか頭の輪っかとかないの？」

と、フィーナ。

「確かに、天使にはそういうイメージがあるな」

マリーベルがうなずく。

そう、サラサの見た目は普通の女の子だ。たぐいまれなる美少女ではあるけど、『人間を超越した者』って感じの雰囲気はないんだよな……。

「今の私は真の力を封じられた状態なんです。翼や天使の輪がないのは、そのせいです」

サラサが言った。

「つまり仮の姿ってこと？」

僕の質問にサラサはうなずいた。

「ナビゲーターとしての限定的な能力だけを与えられて、下界に顕現した状態ですね。ただ天界武器を手に入れれば、私も真の力と姿を取り戻します」

「じゃあ、天使っぽい外見になるの？」

「それはもう。神々しいですよ。言っておきますけど、私の天使モードは半端じゃないですからね」

えへん、と胸を張るサラサ。形のよい胸元がぷるんと揺れた。

「私を仲間にするための専用武器は『楽園を解き放つ聖なる剣《エリュシオンザッパー》』といいます。ぜひ入手してくださいね」

おお、なんか響きだけでも強そうな名前だ。

「そのチケットはどうやって手に入れるんでしょう？」

リルがたずねた。

「『急襲せし魔獣《レイドモンスター》』を倒して素材を手に入れ、特定の組み合わせで合成すると召喚できるようです。組み合わせ方は古文書にすべて載ってました」

「レイドモンスター？」

って、なんだっけ？

「あ、聞いたことがあります。大昔に封印された魔物たちのことですね」

と、リル。

こういう神話とか伝説の類《たぐい》は、やっぱり僧侶だけあって詳しい。

「ええ、神話の時代、神々と戦った数多《あまた》の魔獣たち——その戦いの際、彼らはすべて封印されました。ですが、封印は定期的に緩み、綻びからこの世界に現れるものがいるんです」

サラサが説明する。

「それがレイドモンスターと呼ばれる魔物たちです。世界に六つある封印ポイント——『戦域の神殿』から定期的に現れ、外界に出ようとするモンスターを、勇者たちは神殿内で討伐し続けているんです」

言ってみれば、水際作戦か。その討伐戦で倒せなければ、レイドモンスターは世界に解き放たれ、大きな被害をもたらすってことだろうか。

「そのレイドモンスターの体の一部——つまり素材を集めて、特定の組み合わせで合成すると、チケットを召喚することができます。他にも魔王クラスを撃退しても召喚できるみたいですけど、こちらの方法はさすがに非現実的ですね」

と、サラサ。

「要約するとレイドモンスターを倒して素材を集めればいいってこと？」

「はい」

僕の問いにサラサはにっこりとうなずいた。ものすごく嬉しそうだ。

「チケットのことがなくても、討伐戦っていうのは勇者にとって重要な任務だしね。じゃあ、行ってみるか」

勇者としての使命と、チケットによる戦力強化。両方こなせるなら、それに越したことはない。

＊＊＊

僕らは馬車に乗って、街道を進んでいた。

討伐戦が行われている場所――『戦域の神殿』へと続く道だ。

「この辺りは景色がいいですねー」

窓から身を乗り出したサラサが、風ではためく髪を押さえながら微笑む。

見渡すかぎりの美しい草原。

遠くには透明度の高い、澄んだ湖。

心癒されるような牧歌的風景だった。

これから強大なモンスターを討伐しに行く旅路とは思えないほどに、気持ちが安らぐ。

「魔の気配がします」

と、リルが告げた。

「……残念だが景色を楽しむ時間は終わりのようだ」

マリーベルが銃を抜いた。

「さっさと片付けて、また景色を楽しめばいいのよ」

馬車を止め、真っ先に降りるフィーナ。僕たちもそれに続いて、馬車から降りる。

目の前にはモンスターの一団がいた。魔王の手下らしき魔族が、その軍団を率いている。

「ふん、神殿まで行かさんぞ。我は魔王様の命を受け、ここを通る勇者を――」

「焼き尽くしなさい、レーヴァテイン」

フィーナが赤い聖剣を一閃。

「【フレアスラッシャー】！」

モンスターが三体まとめて両断された。マリーベルの銃撃やリルの聖魔法もそれぞれモンスターを倒していく。残ったのはザコらしき魔族だけだ。

よし、ここは僕が――

「【ヒノキヒット】！」

毎度おなじみ、ひのきの棒による打撃技を放つ。

ごがっ！

ものすごい音を立てて、魔族が吹っ飛ばされた。

あ、あれ……？　思ったより弱いぞ……。

「すごい……また威力が上がってない……？」

「うん……黙々と合成続けてるからかな」

なにせひのきの棒はふんだんに出るから、いくらでも合成できる。とはいえ、ひのきの棒でこの威力……またクリティカルが上手いこと出てくれたのか。本当によくクリティカルを出すよね、この棒。

もしかして僕にそういうスキルがあるんじゃ……？

「おつかれさま、ジークくん」

微笑みながら、フィーナが僕に寄り添った。

「い、いや、みんなの勝利だし」

「君がボスを倒したのよ」

「ちがうよ、僕が倒したのはザコだよ」

「何言ってるのザコなわけないじゃない」

言いながら、さらに体を寄せるフィーナ。かすかな吐息が首筋あたりに触れ、ゾクッとなった。

「あ、どさくさまぎれにイチャイチャしてます～」

それを指摘するリル。

「な、何よ。いいじゃない、ちょっとくらい。勝ったご褒美よ、ご褒美っ」

フィーナが顔を赤くした。

「ご褒美だと？　では魔族やモンスターを倒した者にはジークとのイチャイチャ権が手に入るということか？」

マリーベルがうなる。いや、そんなルールはないからね。

「これは……がんばらないと、ですね」

リルもすっかりその気になってるみたいだった。さらに、

「私だって……専用武器さえあれば、他のみんなみたいに戦えるのに。勇者様とイチャイチャできるのに……うう、チケットが欲しい……」

サラサが拗ねたように口を尖らせ、僕を見ていた。

＊＊＊

その後も、僕らの道中はおおむね平穏に進んだ。

道すがら現れる魔王の軍勢は、フィーナやマリーベルたちがあっさりと倒していく。僕も日ごろの訓練の成果を見せ、それなりに戦うことができた。

そして、リルの援護も大きい。

彼女の聖魔法は直接的な攻撃力はないけど、自軍強化《バフ》や敵軍弱体《デバフ》といった支援効果に優れている。おかげで戦いを優位に進めることができるのだ。

やがて僕らは山あいの町へたどり着いた。

「そろそろ日も暮れるし、今日はここで宿泊しよう」

と、僕らは町中に入った。

高位魔族ディガルアを倒した時にもらった御礼金で路銀に余裕があったので、町一番の大きな温泉旅館に泊まることにした。みんなでがんばったご褒美ってことで
「神殿はここから半日ほどの行程です。」

「がんばってたくさん退治して、チケットを手に入れましょ。明日には討伐戦を開始できるでしょう」

「当然だ」

「私もがんばりますっ」

意気上がるフィーナ、マリーベル、リルの三人。

もちろん僕だって闘志を燃やしていた。

いいかげんに、僕も勇者らしい強くてかっこいい武器を手に入れたい。

【SIDE　サラサ】

「すごい、露天風呂ですねっ」

サラサが喜びに声を弾ませた。空には美しくきらめく満天の星。岩で囲まれた大きな湯船から盛大な湯煙が上がっていた。

天使である彼女にとって、温泉は初めての体験である。白く滑らかな肌を軽く洗ってから温泉に浸かる。

「ふうっ」

開放感のある景色を楽しみつつ、ひんやりとした外気に触れた肌を温泉の湯で温める——室内の風呂とはまるで違う心地よさがあった。

「サラサさん、こういうときは『極楽極楽〜』って言うんですよ」

隣に浸かったリルが微笑み混じりに教えてくれた。

「司祭様から教わりました」

「極楽極楽……ですか？」

確かに、この気持ちよさは天国そのものといえる。

「あー、気持ちいいっ」

湯船に腰まで浸かったフィーナが、大きく伸びをした。豊かな胸がたわわに揺れている。まだ十五歳だというのに、メリハリの利いたボディラインはすごい。同性であるサラサが思わず息をのむほど艶めかしかった。

「ふむ、悪くない」

しなやかな裸身を肩まで浸けて、マリーベルがうっとり顔になる。

「そういえば——」

フィーナがサラサに向き直り、

「討伐戦って強い勇者が集まるのよね？　そこで活躍すれば、ジークくんはますます名声が高まるんじゃない？　あたしたち、すでにラクリスとメターナの二国を救った勇者一行だし」

「随分と嬉しそうですね、フィーナさん」

満面の笑みを浮かべた彼女を見つめるサラサ。

うっとりと頬を染め、遠い目をして——おそらく、ジークが勇者として讃えられる光景でも想像しているのだろう。

「そ、それは……えっと、仲間が称賛されるのは嬉しいわよ」

フィーナは頬を赤らめた。

「べ、別に、ジークくんが勇者としての名声を高めれば、あたしと釣り合いが取れて、恋人になっても周囲も認めてくれるかなー、なんて思ってないから」

「……本音がだだ漏れです、フィーナさん」

「あーあ、王女じゃなければ、もっと自由に恋愛できるのに」

ため息をつくフィーナ。

「そんなにジークが好きなのか？」

マリーベルがたずねた。わずかに表情がこわばっているのは、恋敵として認識しているからだろうか。

「ならばストレートに告白すればいいだろう」

「だ、だ、だから違うってば、あわわ……」

フィーナはますますパニック状態だった。

「仮に……そう、仮にそうだとしても、告白するなんてものすごく勇気がいるでしょ！　あ、もちろん仮の話だけど」

「もしかしてフィーナは告白もしたことがないのか」

「恋愛経験ゼロで悪かったわね！」

フィーナが顔を赤くして叫んだ。

「そういう君はどうなのよ」

「わ、私か!?　私は別に、い、いいだろう」

「ふーん……？　マリーベルも初恋まだなんだ？」

「うう……っ」

珍しく焦ったような顔をするマリーベル。

落ち着きなく瞳が揺れている。ついでに豊かな胸まで揺れていた。

「まあまあ、お二人とも。これから素敵な恋をすればいいじゃないですか」

リルがにっこりとした笑顔で仲裁した。

「それにフィーナさんはすでに恋してらっしゃるんでしょう？　素敵です」

「えへへ、まあ……あ、いえ、違うのっ。ジークくんのことは、別にっ」

慌てて首を振るフィーナ。だが、その態度を見れば、彼女の想いは明らかである。

「彼はあたしの国を救ってくれた。ううん、あたしたちを縛りつけていたものを解き放ってくれた」

フィーナが遠い目をして述懐する。

「魔族の恐怖から、ね。そして希望を見せてくれたの」

「彼は私の村も救ってくれた。その恩にはこれから報いなければ」

「私も、ジークさんやみなさんのおかげで司祭の資格を得ることができました。がんばって恩返ししします〜」

マリーベルとリルが続けて言う。

だが三人のジークへの想いが、単純に『感謝や恩に報いたい』という気持ちとはベクトルを異にしているのは明白だった。

言葉の裏ににじむ乙女の情念を、サラサは鋭敏に感じ取る。

「ジークはあたしのこと、どう思ってるのかなぁ」

ふうっと息をつくフィーナ。

そんな彼女を見て、サラサは羨ましさを感じた。

自分には、彼女ほどストレートに己の心をぶつけることができない。ジークに対しても、どうしても『ナビゲーター』として接してしまう。

本当は、一人の女として見てほしいのに。

本当は、一人の女の子として接したいのに。

(勇者様は、私のことをどう思っているのかしら？)

先ほどのフィーナと同じ言葉を、サラサは内心でつぶやいた。

＊＊＊

温泉から上がった後は、みんなで夕食だ。

「いい湯でしたよ、勇者様」

サラサたちは、東方で普及しているという浴衣姿だった。いつも以上に可愛い。

「ニコニコだね、サラサ」

「はい、温泉というのは初めてだったので」

にっこりとうなずくサラサ。

「そうなの？」

「天界にはこういう露天風呂はありませんし」

「そっか、サラサは天使だもんな」

こうして一緒にいると、普通の女の子みたいで忘れがちになるけれど、本来は違う世界の住人……なんだ。

「？　どうかしましたか、勇者様」

キョトンと首をかしげて僕を見つめるサラサ。

長い髪からふわりと石鹸の匂いがした。湯上がりでほんのり上気した肌やわずかに見える首筋や鎖骨が、やけに色っぽい。常ならずドギマギしてしまう。

「い、いや、なんでも……」

僕は声を上ずらせて言いつつ、視線を逸らした。

どうしたんだろう、僕。いつもは仲間として接している彼女に、今は妙に心臓の鼓動が高鳴る――

「わあ、料理が来ましたよ～」

リルのはしゃいだ声に、僕は意識をテーブルへと戻した。

宿の人たちが僕らの前に豪華な料理を次々に運んでくる。美味しそうな香りが、旅の疲れを癒してくれるようだ。

「この肉はなんですか？」

僕は目の前に置かれたステーキを指差した。牛肉や豚肉とは全然違う、ショッキングピンクの肉……こんなの初めて見るぞ。

「ああ、近くにレイドモンスターがいるからね。それを打ち倒した勇者が肉を持ってきてくれたのさ」

「モンスターの肉なんだ、これ……？」

「美味しいですよ」

リルがにっこり笑った。

「リルってモンスターの類《たぐい》は苦手なんじゃなかったっけ？」

「美味しいものは平気です」

よく分からない基準だ。

「でも、モンスターはモンスターよね……？」

フィーナの顔が引きつっている。その隣でサラサも同じような表情をして、こくこくとうなずいていた。

「美味なら問題ないだろう」

マリーベルが淡々と食べている。いつも通りにクールなんだけど、よく見ると口元がわずかにつり上がり、笑みの形を作っていた。美味しい料理にご満悦らしい。

「どれ……」

ためしに僕も食べてみた。

「うん、美味しい」

「マリーベルはともかくジークくんがそう言うなら」

フィーナが肉を一切れ、口元に運ぶ。

「あ、いけるじゃない」

「ですね〜」

気が付けば、サラサも笑顔でステーキを食べていた。

温泉は気持ちよかったし、料理は美味しいし。戦いの前に、存分に英気を養えそうだ――

美味しい料理を食べた後、僕らは大広間に隣接した遊戯室に入った。

「ねえ、これやってみない？　腹ごなし代わりに」

両手に小さなラケットを持って提案したのはフィーナだ。

確かこれって、東方大陸で流行っているっていう『卓球』の用具だよね。浴衣といい卓球といい、ここの旅館は東方テイストを取り入れる方針なんだろうか。

「わあ、面白そうです」

「みんなでやりましょう～」

はしゃぐサラサとリル。

「ふむ、食後の運動によさそうだな」

うなずいたのはマリーベルだ。

「二人一組ね。じゃんけんで決めましょ」

フィーナが言った。

「いいだろう。恨みっこなしだ」

「じゃーんけーん」

僕らの声が唱和する。そして――

「……うう、審判になるなんて」

フィーナが沈んでいた。

「あ、えっと、代わろうか？」

「ジークくんが出なきゃ意味ないじゃない。あたしは君とペアになりたくて――」

「ん？」

「い、いえ、なんでもないっ」

なぜか真っ赤になって手を振るフィーナ。

「いいわよ。恨みっこなしだし。この試合が終わったら、次こそはジークくんと組むんだからっ」

「では、今回は私とペアですね。よろしくお願いします」

「うん、よろしく」

最初は僕とリル、サラサとマリーベルがそれぞれペアを組んで試合をすることになった。

「うう……勇者様……」

「泣くな、サラサ。一緒に試合ができるだけでもいいだろう」

「そ、そうですね」

「それに、正対しているということは、浴衣から垣間見えるほのかなエロス的なあれやこれやがジークの目に入るということでもあるだろう。考えてみれば、絶好のアピールチャンスなんじゃないか?」

「ほ、ほのかなエロス……!!」

「ジークは見ての通り純情だ。たまにはサラサも肉食系女子っぽく攻めてみたらどうだ」

「いいかもしれませんっ」

なんの話をしてるんだ、あの二人は……?

僕らは卓球をして軽く汗を流し、ワイワイと楽しんだ。

うん、これは思った以上にいい感じでリフレッシュできたな。明日からの討伐戦、がんばれそうだ――

【SIDE　サラサ】

近くで祭りでもしているのか、先ほどから空に花火が打ち上がっていた。

「やっと私も勇者様の本当の『仲間』になれる……」

宿の中庭に出たサラサは色とりどりの花火に染まる夜空を見上げ、熱いため息をつく。

天界武具《ヘブンズウェポン》が、ほぼ確実に手に入る『スペシャルチケット』の存在。それは彼女の気持ちを浮き立たせていた。

今までは、どこか蚊帳の外の気分だった。

ガチャで引き当てたSSR武具に召喚され、魂レベルの絆を結んだ勇者の仲間――フィーナやマリーベル、リルと違い、自分はあくまでもナビゲーターに過ぎない。どうしても、一歩引いた気持ちになってしまう。

ジークともっと近づきたいと思っても、つい遠慮してしまう。

「本当の仲間になれたら、私ももっとあの人と話せる。近づける。ああ……もしかしたら、恋人にだって……」

「恋人？」

背後から声がした。

ドキッとして振り返ると、そこにはマリーベルが立っている。

「寝付けなくて涼みに来たんだが、先客がいたようだな」

「……えっと、いつからいました？」

たずねるサラサ。

今のつぶやきを聞かれたのだろうか。急に恥ずかしさが込み上げてきた。

「『やっと私も勇者様の本当の『仲間』になれる……』あたりかな」

「最初からじゃないですか!?」

サラサは思わず悲鳴を上げた。

「ふむ。つまりサラサはジークに、その、恋をしているわけか？」

「えっ？」

マリーベルの指摘に、サラサの表情が固まる。

「い、いえいえいえいえいえ、私はただのナビゲーターですしっ、その、人間じゃないので……えっと、勇者様は私なんて恋愛対象にしてくれないっていうか、叶わぬ想いなら、せめて仲間になって絆を強く結びたいっていうか、あの……」

「つまり恋なんだな」

ずいっと顔を近づけるマリーベル。

「いやですね、じゃあマリーベルさんは？」

話を逸らそうとたずねるサラサ。

「恋……なのかもしれないな。この気持ちは」

意外なほどストレートな返答に、サラサは目を丸くした。

「えっ……」

「初めて会ったときは特に何も思わなかった。むしろ勇者ということでマイナス印象だったな」

そう、彼女は当初、勇者という存在を毛嫌いしていたのだ。

「まあ、その辺の印象はジークと一緒にクエストをこなして払拭されたが」

苦笑するマリーベル。

「それから一緒に旅をして、ジークの色々な面を見てきた。普段の穏やかで優しい態度。人を守るために勇気を振り絞るところ。戦いのときの凛々しさ。正義感。勇者としての立派さ……そんな彼を見ているうちに、気づいたら……その、意識していた」

「マリーベルさん……」

「はは、こんなふうに胸の内を明かしたのは初めてだ。自分の気持ちに素直になるのは、私も苦手でな」

マリーベルがまた苦笑する。

「さっきの卓球でもサラサにアドバイスを送ったりしたが……本当は、私自身がジークにアピールしたかったんだ。素直になるのは難しいよ」

「マリーベルさん……」

「しかもジークと一緒にいると、ますます自分の気持ちが分からなくなる。フィーナのようにまっすぐに自分の想いをぶつけられる人間が羨ましい」

つぶやいたマリーベルの表情はどこか切なげだった。

「あ、今のは別にフィーナを認めたわけじゃないからなっ。その、能天気で考えなしなのも、時には功を奏すというか、なんというか……」

言って、彼女はまた苦笑する。

「いや、こういうところが駄目なんだな。もっと素直にならなければ……」

難しいな、とつぶやくマリーベル。その横顔が花火に照らされ、陰影を作る。

「私も肝心なところでは気持ちが引っこんでしまって、素直になれないです」

サラサがため息をついた。

「お互い感情表現が下手なのかもしれないな。大切に想う相手の前だと、特に」

「がんばります」

「私もだ」

二人は力強くうなずき合った。

「ありがとうございます、マリーベルさん」

サラサが微笑む。

「話を聞いてもらえてすっきりしました」

胸の中が不思議なほど軽くなった気分だ。モヤモヤしていたものが残らず吹き飛んでいた。

晴れ晴れとした気持ちに合わせたように、夜空に新たな花火が上がり、美しく弾けた。

「仲間だからな」

マリーベルがクールにうなずく。だが、その瞳には他者を慈しむような温かな光があった。

「仲間……」

「魂の絆とかそういう形式的なものがなくても、私たちはとっくに仲間だろう？」

言って、マリーベルは頬を赤くする。

「……私らしくないかな？　こんな言葉は」

「いえ、マリーベルさんのそういう優しさ、大好きです」

「っ……!?　い、いきなり何を言ってるんだ。照れるだろう」

ますます顔を赤くするマリーベルを見て、サラサの口元に微笑が広がっていった。

＊＊＊

宿を出ると、神殿までは専用の馬車が出ていた。約一時間ほどの道のりで到着だ。

「ここが――『戦域の神殿』か」

僕はごくりと喉を鳴らした。黒曜石でできた漆黒の建造物は、神殿と言うにはあまりにも禍々しい気配を感じる。

神殿に入った僕らは、奥の間へと続く回廊を進んだ。扉の前には勇者パーティらしき一団が

いた。すると、

「可愛い子ばっかり侍《はべ》らせやがって。いい身分だな、おい」

その中の一人、長身の剣士が近づいてくる。二十代半ばくらいの男だ。端正な顔立ちだけど、にやけた笑みはチャラけた印象を与えた。

「こんな奴より俺たちのパーティに入らないか？」

僕を無視して、チャラ男はサラサたちに声をかける。他の男たち——たぶん武具の召喚で得た『仲間』も口笛を吹いたり、歓声を上げたりしていた。

全員が軽薄な印象を与えるパーティだ。

「大体、そいつが持ってるのはN武器だろ？　Rすら持ってないとか、ありえねー」

「だせーよな、はは」

ドッと湧きおこる嘲笑。

正直、ちょっとムッときた。

「そんな情けない奴についていていてもいいことないぜ」

「そうそう、俺らと一緒に——」

「ジークくんを馬鹿にしないで」

フィーナが怒りの声を上げた。

「あれ、怒っちゃった？」

「もしかして、こんなのに惚れてるのかよ」

「よせよせ、こんな弱そうな奴より俺の方がいいぜ？」

チャラ男勇者が嘲笑する。

「どう、ここで出会えたのも運命だと思って——うっ⁉」

と、その笑みが凍りついた。

「二度言わせないで」

フィーナが目にも止まらぬ速さで抜いた剣を、彼の眼前に突きつけたのである。

速い——やっぱり彼女は超一流の剣士だ。

「彼はかけがえのない仲間であり、あたしにとって生涯の恩人よ。彼への侮辱は、すなわちあたしへの侮辱」

フィーナが燃えるような視線を相手に叩きつける。

「誇りのためなら、このフィーナ・ラクリス、命を懸けて戦うわ！」

「う、うう……分かった、俺が悪かった」

さすがの勇者も、フィーナに気おされたのか、あっさりと謝罪した。

「討伐戦は勇者たちの連携が重要だ。みんなでがんばろうよ」

僕はチャラ男ににっこり笑って、場を収めた。

まあ、あんまり好きなタイプの人たちじゃないけど……。

「こんな奴と一緒にがんばりたくない」

「同感」

「正直、私もです……」

フィーナ、マリーベル、リルが口を揃える。

「仲違《なかたが》いしても仕方がないよ。勇者の使命は魔物を倒し、人々を守ることなんだから」

僕は苦笑交じりに彼女たちをなだめた。

「そのための力は、一人でも多い方がいいでしょ」

「……ふん」

チャラ男は毒気を抜かれたような顔でそっぽを向いた。

＊＊＊

僕らの順番が来た。

討伐戦は、一定時間ごとに異空間に通じる扉が開き、そこからが押し寄せてくる魔物を勇者たちがローテーションを組んで撃退するという流れだった。

何しろ通常のモンスターよりはるかに強力な魔物だから、勇者たちも連戦はキツい。そのためのローテーションだった。

「来るぞ。備えろ――」

勇者の一人が叫んだ。

次の瞬間、前方に光り輝く門が出現する。扉が開くと、その向こうには漆黒の虚数空間がたゆたっていた。

そして――そこから巨大な竜『リヴァイアサン』が現れた。

るおおおおおおおおおおおおおおおおおおおおんっ！

雄たけびを上げ、リヴァイアサンが全身から水流を噴き出す。

「うわぁぁぁぁっ……！」

さながら津波のようなそれに勇者が何人か流されていった。

「【リアクトウォール】！」

リルが作り出した魔力の防御壁によって、僕らは無事だ。

と、体勢が崩れた勇者の一団にリヴァイアサンが尾の一撃を繰り出す。さっきのチャラ男もそこにいた。

ばしっ、どかっ、と重い打撃音とともに、勇者たちが次々と吹っ飛ばされていく。嵐のような連撃の前に、防御も反撃もままならないようだ。

さすがに討伐戦のレイドモンスターだけあって、強い。

「やられる――」

恐怖に顔を引きつらせるチャラ男。

「させない！」

僕はすかさず飛び出した。

体が軽いのは、連日の訓練の賜物だろう。

「おいおい、ひのきの棒かよ!?」

「足手まといだ、来るんじゃない！」

叫ぶチャラ男たち。

構わず僕は突進した。たとえ倒せなくても、彼らが後退するための時間を稼ぐんだ。

僕はひのきの棒を大きく振りかぶって、リヴァイアサンの尻尾を狙った。しかし攻撃を躱され、棒を地面に叩きつけてしまう。

「ダメか……!!」

体勢を立て直そうとしたところで、突然大きな地震が起きた。

「えっ……!?」

地面に亀裂ができている――？

ぐおおおお……んっ……！

リヴァイアサンはその地割れに巻きこまれ、谷底へと落ちていった。

「ほげぇぇぇぇぇぇぇぇぇえっ!?」

周囲から驚きの声やどよめきが上がる。

「あ、あれ……？　どうした……？」

驚いたのは僕も同じだった。

ものすごいタイミングで地震が起きたおかげで助かった。

「でも、危なかった……僕も巻きこまれるところだった……」

「お、お前、なんだ今の威力は……!?」

チャラ男が呆然と僕を見ている。

「いや……突然地盤沈下が起きた……とか?」

僕にも何がなんだかさっぱり分からない状況だ。

「あれ?」

ふとひのきの棒を見ると、前よりも黒ずんでいるような気がした。全体的に光沢が増して、木というより金属みたいな質感だ。

なんだろう、これ――

不思議に思いつつ、僕は次のモンスターに備えた。討伐戦はまだまだ続くのだ。

チャラ男が歩み寄ってきた。

「……さっきは悪かったな、馬鹿にして」

真摯な表情で頭を下げる彼。

「いや、お前の強さだけを見て言ってるわけじゃない。俺たちを助けてくれたことに敬意を表して、だ」

「軽率な態度だった。以後あらためさせてもらう」

「悪かった」

他のメンバーも一斉に頭を下げる。

思ったより素直な連中だ。

「一緒にがんばりましょう」

あらためて呼びかける僕。

「おう。お前ほどじゃないが、俺たちだって勇者として精一杯戦ってみせる！」

彼らは意気を上げ、他のモンスターに向かっていった。やっぱり、この人も勇者なんだってちょっと嬉しくなる。

「本当に優しい人ですね、勇者様は」

サラサが側で微笑む。

「自分を馬鹿にした人間に、あんなふうに接することができるなんて」

「いや、まあ苦手なタイプではあるけど、ね」

苦笑する僕。

「でも悪い人たちじゃないよ、きっと。少なくとも勇者としての使命感はちゃんと持ってるみたいだし」

「勇者様……」

サラサが微笑んだ。

「私、あなたのナビゲーターでよかったと思います。そんなあなたとだから、一緒に戦いたいとあらためて思います」

なんだか――照れてしまう。

「大変よ、ジークくん、サラサちゃん！」

血相を変えて駆け寄ってきたのは、フィーナだった。その後ろにマリーベルとリルもいる。

三人とも青ざめた顔だ。

「さっき連絡が入ったの。ジークくんの村が――襲われてるって」

あまりにも突然の出来事だった。


【SIDE　マティアス】

「くそっ、なんだよ、こいつら――」

マティアスは歯噛みしながら長剣を振るった。前方の魔族を数体まとめて吹っ飛ばす。だが、
魔族は次から次へと湧いて出てきた。

「いくら倒しても……キリがないっ」

ぎりっと奥歯をかみしめるマティアス。

「マティアスちゃん、また来たわよ!」

「あたしたち全員で連携しないとやられるわ!」

「くうっ、強い――」

筋肉ズの三人も苦戦していた。

「ばらばらになるな、お互いの死角をカバーして戦え!」

マティアスは指示を飛ばしつつ、目の前の魔族を斬り伏せた。

しかし、一体や二体倒したところで戦況は変わらない。

魔族たちの放つ炎や雷が村を焼き払う。悲鳴を上げて人々が逃げ惑う。以前にラクリス王国で戦ったとき以上の軍勢だ。

こんな小さな村などひとたまりもない——

マティアスは絶望とともにうめいた。

＊＊＊

「村が襲われてる？」

僕は呆然として聞き返した。

「ええ、魔王自らが軍を率いて急襲してきた、と」

フィーナが青ざめた顔で報告する。

「魔王が……」

呆然とつぶやく僕。突然のことに頭がパニックになっていた。

いや、落ち着け。落ち着くんだ——

「とにかく、戻るよ」

僕は決断した。

「討伐戦は中断だ。村を守らなきゃ」

「ち、ちょっと魔王と戦う気？　行くならもっと手勢を——」

「ジークは強い。だけど、さすがに魔王が相手では――」

慌てたようなフィーナとマリーベルに、

「十七年間生まれ育った故郷なんだ。見捨てることはできない」

僕はきっぱりと言った。

「僕の力でどこまでできるかは分からない。でも、きっと何かやれることはあるはずだと思うから――」

ふうっと息をつく。

本音を言えば、怖い。恐ろしくてたまらない。

でも、行かなくちゃ……！

僕が勇者としての力を与えられたのは、きっとそのためだから。他の人間にない力を持っているのは、力を持たない人たちの代わりに戦うためだから。

だから、僕が戦う。

怖くても――戦う！

「みんなはここに残って。魔王が相手じゃ危険すぎるし、僕一人で戻る」

さすがに魔王を相手に、一緒に戦ってくれとは言えない。今までの相手とは危険度が違いすぎる。

「あら、ナビゲーターを置いていく気ですか？」

サラサが微笑んだ。

「えっ」

驚いて彼女を見つめる。

「私もついて行くに決まっているでしょう」

「でも、相手は魔王だし……」

「私たちは一心同体ですよ、勇者様？　置いていくと言われても、勝手について行きますからね」

ふふっと悪戯っぽく告げるサラサに、僕はしばし黙考し、

「……ありがとう」

深々と一礼した。

「ちょっと、あたしだって行かないなんて言ってないでしょ。ただ、魔王って聞いて、ちょっと焦っただけなんだからっ」

「勘違いしてもらっては困るな。仲間を見捨てて、自分だけ安全な場所に居座るほど、私はフヌケじゃない。同行させてもらうぞ」

「私もご一緒します。微力ながら、お役に立てれば……！」

フィーナ、マリーベル、リルの三人が笑顔でうなずく。

「みんな……」

胸が、熱くなった。

「ありがとう」

第六章　勇者の戦い

故郷が、燃えていた。魔王軍が村の建物を次々と壊し、人々を追いたてる。

僕の見知った人たちが、恐怖の表情を浮かべていた。僕の見慣れた景色が、次々と炎にのまれていく。

「や、やめろーっ！」

怒りの声を上げて跳び出す僕。

「なんだぁ、小僧！」

「貴様も勇者か？」

魔王軍の先頭に立っている紫色の竜と黒い騎士が僕をにらんだ。共に、只者じゃなさそうな気配を放っている。

魔王が直々に率いる軍となれば、魔族の中でも精鋭中の精鋭なんだろう。今まで戦ってきた奴らとは違う。

緊張に息をのむ。

いや、まずは村の人たちの避難をサポートするんだ。そのために、こいつらの注意を引きつける――

「僕が相手だ」

静かに告げて、ひのきの棒を構える僕。

「ひのきの棒だと？　そんなもので魔王軍の部隊長を務める俺たちとやるつもりか？」

「なめるなよ、小僧！」

竜がドラゴンブレスを吐き出し、騎士が巨大な剣を振り下ろした。

「くっ……！」

ひのきの棒で対抗しようとするが、相手の方が速い――

「【ホーリィシールド】！」

炎が、僕の前面で弾け散った。剣が、僕の前面ではね返された。

「えっ……？」

振り返れば、青い髪の僧侶少女が見えた。リルが聖魔法で守ってくれたのだ。

さらに、援軍は彼女だけじゃなかった。

「あたしたちも！」

「くらえ、魔族！」

愛用の剣『レーヴァテイン』を手にしたフィーナが突進する。その後ろからはマリーベルが銃弾の雨を放つ。

「ちぃっ……」

竜と騎士はたまりかねたように後ずさった。

今だ――彼らの体勢が崩れた一瞬を見逃さず、僕は地を蹴る。

「【ヒノキヒット】！」

毎度おなじみ、ひのきの棒の基本技。フィーナたちみたいなＳＳＲ武器と違って、派手な視覚効果《エフェクト》も発生しないし、見栄えもよくない。

だけどそんなことはどうでもいい。少しでも魔族たちの注意を引きつければ、その間に村の人たちが逃げやすくなる。

僕は渾身の力で、ひのきの棒をさらに旋回させた。

「【ヒノキヒット】！」

連続で基本技を叩きこむ。

……どうでもいいけど、ひのきの棒の技名ってかっこ悪いよね。

今は気にしてる場合じゃないけど。


ごがぁぁぁぁぁぁぁぁぁぁぁっ！


突風と衝撃波が巻き起こった。

「あ、あれ……？」

僕は呆然となった。あっけなく竜も騎士も倒れてしまったのだ。

たぶん今回もクリティカルが出たんだろうけど、いつもより威力がすごい。

地道に合成を重ねていた成果だろうか。

「ぐえ……」

「ひ、卑怯な……ひのきの棒なんてだまして……」

「もしかして、これがウワサの偽ひのきの棒か……嘘、よくない……」

ぴくぴくしている敵たちがうめく。

「いや、これただのひのきの棒だし」

君たちが見かけ倒しだっただけなんじゃ……？

魔王軍の精鋭なんて言っていたけど、思ったほど強くないらしい。

「やっぱりすごいです、勇者様」

サラサが歓声を上げる。

「……こいつらがあんまり強くなっただけだよ」

たぶん……。それにしても都合が良すぎる。一体この棒は……？

ともあれ、戦いに集中しなきゃ。

「フィーナ、一緒に前衛を。マリーベルは後ろから、リルは全体援護をお願い。サラサは村の人たちの避難誘導を頼む」

パーティに指示を送り、僕らは魔王軍に向かっていく。

フィーナの剣が（ついでに僕のひのきの棒も）魔族を次々と打ち倒す。マリーベルの銃撃がそれを援護し、リルの聖魔法が僕らの力を高め、敵の力を削ぐ。

連携が冴え渡り、ほどなくして魔王軍は敗走していった。

＊＊＊

戦いを終え、僕らは村の庁舎に行った。村長さんや役人たちが忙しそうに動き回っている。

「いや、助かったよ」

村長さんがやって来て、僕に礼を言った。

「さすがは勇者のパーティ。ジークにも立派な仲間ができたのう」

と、嬉しそうに目を細める。この人は昔から村長を務めていて、僕を子どものころから知っているのだ。

「僕らは魔王軍を引きつけます。村の人たちの避難誘導をお願いします」

「すまんな。マティアスも村中で戦っているはずだ」

「分かりました。彼と合流します！」

言って、僕は走り出す。サラサたちもその後をついて来た。

「魔王軍は思ったほど強くなさそうだし、マティアスと共闘すれば蹴散らせるかもしれない」

ひのきの棒が主体の僕はともかく、フィーナやマリーベル、リルは強い。彼女たちやマティアスのパーティと連携すれば、きっと対抗できるだろう。

みんなで、村を守るんだ——

マティアスはどこだろう？

僕らは村中を走った。大半の建物は無残に壊され、焼けただれ、煙を上げていた。

ひどい有様に眉を寄せる。

「勇者様……」

僕を思いやるように、サラサが袖をキュッとつかんだ。

「大丈夫。今は魔王軍と戦うことだけを考える」

彼女にうなずいて、なおも僕は走る。

ときどき出てくる魔族はフィーナたちが瞬殺していく。本当に頼もしい。

と――

「あれじゃないか？」

マリーベルが前方を指差した。

「この村は我が父の領地！　退け、魔族ども！　退かねば、この勇者マティアスが討つ！」

美貌の青年勇者が大見得を切った。

嫌味なところもあるけれど、貴族の子息としての責任感や勇者としての使命感は本当に立派だと思う。

「すてきよ、マティアスちゃん」

「惚れ直しちゃう」

「あたし、この戦いが終わったらマティアスきゅんにプロポーズするんだ……」

仲間の筋肉ズが一様にうっとりしていた。

……でも、最後のやつは死亡フラグだよね。

いのちだいじに。

「と、とにかく、いくぞ」

マティアスは若干顔を引きつらせつつ、長大な剣を手に魔王の軍団へと向かっていく。筋肉ズがそれに続いた。

「【グランドインパクト】！」

斬撃とともに無数の岩石弾が飛び、魔族を三体まとめて粉砕した。

おお、強い！

だが、

「ほう、こんな辺境の村にもそれなりの猛者がいるのだな」

声が、響いた。

ぞくり——全身が凍りつくような威圧感で足が止まる。

違う。他の魔族とは、まるで違う。

周囲の空間が蜃気楼のように歪む。

ヴ……ン！

羽虫が飛ぶような音を立て、その中心部から黒い影がせり出してきた。

身長十メートルくらいだろうか。六本の腕を備えた武人のような姿。ただし人型なのは上半身だけで、下半身は四足歩行の魔獣だ。

異形の怪物――

「我は魔族を統べる者。すべての闇の支配者」

そいつは厳かに告げた。

「『黒の魔王』ヴィルガドーラ」

静寂が、場を支配した。

僕は息をのんで、目の前の魔族を――その王を見つめる。

「そ、そんな……！　信じられない戦闘能力です……！」

サラサが震えながら、魔王のステータスを表示した。

ヴィルガドーラ
クラス：黒の魔王
レベル：３５２０
体力：３１０００
魔力：４２０００
攻撃力：５００００
防御力：３３０００
敏捷性：１８０００

所持スキル：？？？？？

「所持スキルまでは読み取れませんでしたが、こんな数値って――」

「こ、これが魔王の力……！」

僕はごくりと息をのむ。

想像以上だった。フィーナたちと比べても桁が二つほど違う。あるいは、人間のレベルで対抗できる相手じゃないのかもしれない――

僕たちは戦慄して前方の魔王を見据える。

「目論見通り来たか、勇者よ」

魔王ヴィルガドーラが僕を見て、鼻を鳴らした。

「目論見……？」

「すべては貴様をおびき寄せるため」

と、魔王。

「ディガルアを倒すほどの猛者となれば、見過ごすことはできん。後々の脅威になる前に、我が直々に葬ってくれよう」

ディガルア――かつてフィーナのラクリス王国を襲った高位魔族だ。

だけど、僕をおびき寄せる、って……なぜ魔王はそんなに僕を買いかぶるんだ。

不審に思っていると、

「我らが武器の特殊スキルを解放するときがきたわね」

マティアスの仲間——筋肉ムキムキの三人衆『筋肉ズ』が進み出た。こんなときでも、まるでボディビルみたいなポージングをしている。

「いくわよ、あなたたち！　筋肉の力を信じるのよ！」

「今こそ、日ごろの筋トレの成果を見せるときね！」

「そうよ、筋トレはすべてを解決するのよ！」

彼らは手にした剣を掲げ、叫んだ。

「【筋肉スパーク】！」

「【筋肉インフェルノ】！」

「【筋肉リベンジャー】！」

三つの武具が閃光を発し、魔王に叩きこむ。

すさまじい爆光が弾けた。地面に巨大なクレーターができている。さすがはＳＳＲ武器×３の攻撃だ。

「今……何かしたか？」

だけど魔王は平然としていた。ノーダメージだ。

「あ、あたしたちの筋肉スキルが効かない……？」

「むう……まだ鍛え方が足りないのかしら……」

「う、うろたえないで……筋肉を信じるのよ……」

筋肉ズが怯えた様子で後ずさる。

「消えよ」

魔王が六本腕の一つを突き出した。指先に赤い火球がともる。

「【バスターメギド】」

「させない！」

僕は思わず前に飛び出し、ひのきの棒でその火球を払いのけた。

ジュウッと音がして、棒の一部が溶ける。

いくらなんでもN武器で受け切るのは無理だと思ったが、魔王の火球は上空へと跳ね飛ばされ、そこで大爆発を起こした。

ビリビリと大気が震え、衝撃波が荒れ狂う。

もしもまともに炸裂していたら、この村ごと消し飛ばされていたかもしれない。

「きゃあっ……!?」

相殺しきれなかった爆風がフィーナやマリーベル、リルをまとめて吹き飛ばした。地面に叩きつけられ、動けなくなる三人。

「みんな！」

「うう……」

三人とも動けない様子だ。

「今のを凌ぐとは、並の勇者ではないな……」

魔王がじろりと僕をにらんだ。

いえいえ、ひのきの棒しか持ってない並以下の勇者ですけど。

内心でツッコむ僕。ちょっと自虐的だったかもしれない。

「おそらくはLR《レジェンドレア》並の武器か。だが幹部程度ならいざ知らず、魔王たる我をそんな武器で倒せると思ったら大間違いだ。次はもっと強力な攻撃で滅してくれよう」

赤い眼光が瞬く。

「いでよ——魔界の炎」

魔王の周囲に無数の——おそらく数百単位の火球が浮かび上がった。

さっきの一撃をはね返したのが癇に障ったのか。

まずいぞ、完全に本気にさせちゃったみたいだ——

＊＊＊

「マティアスたちは村の人たちの避難誘導を！」

「え、でも、お前——」

「みんなで固まっていたら全滅する！　早く」

僕は叫んだ。とにかく魔王を少しでも引きつけ、その間に村の人たちを逃がすしかない。

「……分かった。すぐに戻ってくるからな」

マティアスと筋肉ズはその場を去っていく。

僕は一人、魔王と対峙した。

「みんなも動けるようになるまで回復したら、すぐに離脱を。リル、全員に治癒魔法をかけて。その間は僕が魔王を引きつける」

指示を出す僕。

「でも、たった一人で——」

「戦えるのは僕だけだ。急いで」

「は、はい——勇者様！」

リルがふらふらと立ち上がり、自身とフィーナ、マリーベルに治癒魔法をかけていく。

さすがにダメージが大きいらしく、すぐには回復しないだろう。

とにかく僕が時間を稼がないと。

「一人で我と対峙した勇気だけは誉めてやろう。確かに『勇者』にふさわしい行動だ」

魔王が哄笑した。

「そして——愚かなり。すぐに後悔することになろう。この我に刃向ったことを！」

次の瞬間、無数の火球が僕に殺到した。

僕はアイテムボックスを召喚し、そこからN武器やアイテムを片っ端から取り出した。

「【ナベブタシールド】！」

まず鍋蓋を盾にして、魔王の攻撃魔法を防ぐ。

だけど、僕が保有しているNアイテムの数はけた違いだ。三年の勇者生活で万単位の蓄えがある。

魔王の反撃によって、日用品が次々に消し飛ばされていく。

Lサイズの団扇《うちわ》で風を呼び、魔王の体勢を崩す。

「【ウチワフラップ】！」

「【グローブパンチ】！　【ブラシスイング】！　【タオルウィンド】！」

革のグローブでパンチを繰り出し、銭湯のデッキブラシを振り回し、ハンドタオルをはためかせ、魔王の攻撃をいなし、防ぐ。

とにかく物量作戦だ。

アイテムボックスから武器やアイテムを惜しみなく取り出しては使い、壊れてはまた取り出し——魔王の攻撃をどうにか凌ぐ。

「……ちっ、次から次へと」

魔王がうなった。

「日用品を扱うのは得意なんだ。三年間家事で鍛えたおかげで、ね」

ニヤリと笑う僕。

まさか家事スキルマックスが、ここで役立つとは。

「勇者様……」

「大丈夫だ、サラサ。まだ持ちこたえられる……っ！」

かたわらで心配そうな顔をするサラサに、僕は微笑んでみせた。

とはいえ、今のままではいずれやられる。なんといっても防戦一方なのだ。どこかで反撃の糸口を見つけなきゃ――

「だが、それだけで凌げるほど甘くはないぞ！」

魔王の攻撃はさらに威力を増した。

「くっ……ううっ」

N武器が、アイテムが、次々に壊れていく。いくら三年間溜めこんだといっても、無限に武器やアイテムを出せるわけじゃない。遠からず限界が来るだろう。

「ええい、うっとうしいわ！」

魔王が苛立ったように攻撃魔法を連打した。

【ヒノキヒット】！」

一部が溶けたひのきの棒をかかげ、なんとか魔法を弾く僕。


カァァァァァァァァァァァァッ！


と、そのとき周囲にまばゆい輝きがあふれた。

「これは――」

ひのきの棒が光ってる……？

——達成率１００％。Ｎ《ノーマル》からＥＸＲ《エクストラレア》へのレアリティアップを完了しました。

謎の声とともに、光に包まれたひのきの棒が黄金に輝く剣へと変形した。

「なんだ、この剣……!?」

「あ、マニュアルが——」

サラサが手にしたガチャ用のマニュアルが光っていた。

「内容が更新されています！　ＥＸＲ《エクストラレア》武器……!?」

驚きの声を上げるサラサ。

「えっ」

「ＬＲ《レジェンドレア》をも超える伝説中の伝説と呼ばれるレアリティのようです！　こんな武器が存在するなんて……！」

——二つの条件を満たしたことにより、『Ｎ武器』は一時的にＥＸＲ《エクストラレア》武器へと変化します。

声が響いた。どうやらこの剣から聞こえてくるようだ。

「条件って……？」

——一つ、対象武器が一定の合成数を満たすこと。

確かに、今までひのきの棒で桁違いに合成を繰り返してきた。

他のＮ武器と比べても、たぶん一番合成数が多いだろう。何せ無料ガチャで大量に余ってたからね。

——二つ、超必殺技ゲージを満たすこと。

「超必殺技……？」

——一定の合成数を超えた武器は『必殺技ゲージ』を備えます。高位魔族ですら葬るほどの力を持つ『必殺技』が撃てるのです。

「え、それって……」

僕は今までの戦いを思い返した。

ラクリス王国でディガルアを倒したことを。竜神と渡り合ったことを。討伐戦のリヴァイアサンを地震で沈めたことを。

「あれは偶然じゃなかった……？」

呆然とつぶやく。

「『必殺技』……だったのか」

——一度『必殺技』を使うと、次のエネルギーチャージまでしばらくは使えません。勇者様はひたすらに合成を続け、常にエネルギーチャージを欠かしませんでした。また、一度『必殺技』を使うごとに『超必殺技』のゲージが溜まっていきます……。

「超必殺技のゲージ……？」

——EXR《エクストラレア》武器でのみ使用できる、今までの『必殺技』を超えた最強の攻撃技です。ゲージを100％まで溜めることで一発だけ撃つことができます。

そういえば、ラクリス王国で高位魔族ディガルアと戦ったときに『達成率３０％』とか変な声が聞こえたことがあったっけ。

もしかして、あれはゲージの蓄積状況を知らせていたのか？

今までの合成とこれまでの戦闘で、二つの条件を満たした——？

「何をごちゃごちゃ言っている？　さあ、全員消し飛べ！　【フラッシャーメギド】！」

「うおおおおおおおおっ！」

魔王が放った火炎弾に、僕は黄金の剣を叩きつけた。爆音とともに火炎弾を跳ね返す。

「武器の威力が……上がってる……!?」

さっきまではかろうじて防ぐのが精一杯だったけど、今は簡単に跳ね返すことができた。

「……ぐっ!?」

次の瞬間、両腕の力が一気に抜ける。威力はすごいけど、体力をものすごく消耗するみたいだ、これ。『元』ひのきの棒のくせに。

「本来、ＥＸＲ《エクストラレア》は聖属性を持つ天使の力じゃないと使いこなせないんです。だから勇者様が使うには負担が大きすぎるのかもしれません」

サラサが説明した。

「天使にしか……じゃあ、サラサは」

「……やってみます」

僕から剣を受け取るサラサ。

「ひあっ、お、重いです……！」

悲鳴を上げて取り落してしまった。

うーん、天使とはいえ、サラサはか弱い女の子だ。武器を振るって戦う、っていうのは向いてないんだな。

「僕にも天使の力があれば……」

「——できなくは、ないです。一時的になら」

サラサが大きく息を吐き出した。なぜか顔が赤い。

「天使の力を——聖性の一部を、人に渡す方法があります。ただ、そのために『ある行為』をする必要がありまして……」

「ある行為？　僕にもできる？」

「むしろ、私があなたにすることになります」

「じゃあ、やってくれ。僕に天使の力を分けてくれ。魔王を倒すために」

僕はサラサに微笑んだ。

「……いいんですね？」

「他に手はないよ。今戦えるのは僕しかいないんだ」

「分かりました。では——どうか、受け取ってください」

言ったサラサの顔が近づいてきた。

えっ、何を——？

驚く僕の唇に柔らかな感触が訪れる。初めて出会ったときに続いて、この感触は二度目だ。しかも、あのときよりずっと長い時間、サラサは僕の唇にキスを続けていた。

一分……二分……たっぷり五分ほど。

「ふう……」

唇を離したサラサの顔は真っ赤に上気していた。あのときは事故だったけど、今度は正真正銘、彼女の意志によるキス——

「と、突然すみません……天使による口づけを受けた者は、その、一時的に天使と同等の聖属性を得るんです……」

サラサが恥ずかしそうに顔を赤らめて語る。

「時間が長ければ長いほど、その効果時間も長くなるので……」

それで五分もキスしてたのか。そういえば、初めて会ったときに一瞬だけ事故でキスしちゃったけど、あのときも体が火照って——なんてことを思い出した瞬間、

「う……ああああああ……っ！」

僕の全身をすさまじい灼熱感が襲った。

同時に、圧倒的な力が噴き上がってくる。

ジーク　クラス：EX《エクストラ》勇者

レベル：7
体力：70000
魔力：82000
攻撃力：45000
防御力：39000
敏捷性：35000

ユニークスキル：無料ガチャ（レベル1）
勇者の所持スキル『ガチャ』をクリスタルの消費なしで引くことができる特殊能力。代償として『クエストエピソード』をクリアする必要がある。

所持スキル：家事（レベル76）
炊事や洗濯など家事能力全般が向上する。

「……って、なんだこれ、すごい!?」

サラサが表示した僕のステータスは驚愕の数値だった。

これがEXR《エクストラレア》を装備した僕のステータスなのか。これだけの力を使いこなすことができれば無敵だ。

「今なら、魔王とも戦える――」

僕は黄金色に輝く剣を構え直した。

これはもう単なるひのきの棒じゃない。【EX（仮）棒】といったところか。そもそも棒じゃないけど。

いーえっくすかりぼう……呼びづらいから『エクスカリバー』とでも呼ぶとしよう。音も似てるし、形も剣になっちゃったし。

「いくぞ、魔王！」

伝説の聖剣の名を冠したEXR《エクストラレア》武器を手に、僕はヴィルガドーラに突進する。

「まだこの魔王に立ち向かうか。その闘志だけは褒めてやろう」

うなる魔王。その態度がわずかにたじろいでいるのは、僕の気配が今までと違うことを悟ったのか。

「だが人間ごときが我を倒すことはできん。傷をつけることすら、な。生命体としての次元そのものが違うのだ――がはっ!?」

僕が『エクスカリバー』で斬りつけ、魔王をよろめかせた。

「こ、この……っ！」

魔王が巨大な火球を生み出した。

「【バスターメギド】！」

フィーナたちを一撃で戦闘不能に追いこんだ、大火力の攻撃魔法。

ざんっ……！

それを僕は無造作に切り捨てた。

「な、何……!?」

驚き、動きが止まった魔王に、今度は僕が仕掛ける。

縦横に振るったエクスカリバーの斬撃が閃光と化し、数万単位で叩き込まれる。

さながら、光の流星だ。

「ぐおっ、がっ、ああっ……！」

その超連撃が魔王の巨体を何度となく斬り裂く。

「み、見えない……この我の目をもってしても……！」

呆然と後退する魔王。

驚いているのは、僕も同じだった。信じられないほど身体能力が上がっている。

いける――確信とともに、僕はさらに攻撃を繰り返した。

魔王が放つ攻撃魔法をすべて斬り伏せ、六本腕から繰り出される攻撃をやすやすとブロックし、反撃する。

僕が剣を振るうたびに、魔王の巨体が傷ついていく。

「ちいいっ！」

たまりかねたように、魔王は大きく後方に跳んだ。

間合いを取り、衝撃波を放つ。

今度は僕が吹き飛ばされるものの、さしたるダメージはない。運動能力だけじゃなく、どうやら体の頑丈さもアップしているらしい。

「いい気になるなよ、人間が！　ならば我の全力の攻撃を受けるがいい。この魔王がすべての魔力を注ぎこんだ暗黒魔法の奥義を！」

告げて、両手を掲げる魔王。

「消えよ――【ダークネスブリット】！」

無数の黒い光球群が、四方から襲いかかる。

「一発一発が上級魔法に匹敵する威力を持つ光弾だ。この数では逃げ場はない。終わりだな！」

魔王が勝ち誇った。

僕はエクスカリバーを構えて、迫りくる光球群と向き合う。

見える――

僕のすべてのステータスは超絶のパワーアップを遂げている。

それは反射神経も例外じゃなかった。

数百という光弾の一つ一つの軌道が、手に取るようにわかる。

僕はエクスカリバーを振るい、迫りくる光弾群を片っ端から切り払った。

「あ、あれだけの数をいとも簡単にさばいただと……!?」

魔王が呆然と立ち尽くす。

「終わりだ、魔王」

静かに告げて、僕は黄金の剣をかかげた。その刀身が一際まばゆい光を放つ。

同時に、僕の背後に虹色に輝く巨大なゲージの映像が浮かび上がった。

ゲージ量は一番端まで溜まった状態で、ゲージ全体が明滅を繰り返している。

「超必殺技ゲージ解放――【ホーリィブレイカー】！」

渾身の力を込めてエクスカリバーを振り下ろす。七色の輝きを放つ斬撃が魔王ヴィルガドーラに叩きつけられた。

「が、ああぁ……ああ……ぁぁ……っ！」

胸元を深々と切り裂かれ、苦鳴を上げる魔王。

「いずれ必ず、貴様を……っ！」

マントをひるがえし、魔王は逃げ去っていった。

勝った――

黄金の剣を手に、僕は大きく息を吐き出す。

同時に超必殺技ゲージの映像が弾け散る。

と、魔王が立っていた場所に何かが光っていた。

「え、あれって――」

一枚のチケットだった。

エピローグ　今日も勇者はSSRの夢を見る

こうして、魔王との戦いは終わった。

伝説中の伝説――EXR《エクストラレア》武器『エクスカリバー』は、戦いが終わってしばらくすると元のひのきの棒に戻ってしまった。たぶん、また一定数の合成をこなして『超必殺技ゲージ』を溜めないと、あれは使えないんだろう。

「これが『スペシャルチケット』か……」

魔王が逃げる際に落としていった、キラキラと輝く小さな紙片。討伐戦を中断してやって来たのに、こうして『チケット』が手に入るっていうのも皮肉な話だ。

「魔王こそ最高位の魔ですからね。それを退けたことで手に入ったのでしょう」

と、サラサ。チラチラと僕を見つつ、頬を赤らめてうつむいてしまう。

あ、そういえば、さっきサラサとキスしちゃったんだよな。戦いの高揚が収まったことで、再びその恥ずかしさが込み上げてくる。

「な、なるほど……」

答えながら、声を上ずらせる僕。

いや、サラサはただのナビゲーターじゃないか。何をドギマギしてるんだ、僕は。

初めてのときは事故だったたし、二回目のときは天使の聖性を一時的に分けてもらうための儀式だったし……。

う、うん、恋人同士のキスとは違うから。

急激に鼓動を速める心臓を、どうにか鎮めようとする。

「勇者様、さあ今こそ——」

サラサがチケットを使うように促した。

そうだ、これでLR《レジェンドレア》である『天界武具《ヘブンズウエポン》』を入手できる。今回は逃げられたけど、今度こそ魔王を討つために、僕にはもっともっと強力な武器が必要だ。

と、

「……これ、100%じゃないぞ」

マリーベルが指摘した。

「ん？」

見れば、当選率は99・8%になっている。

「そういえば、サラサが『ほぼ確実に』当たるって言ってたような……」

なんとなく100%だとカン違いしていた。

「ですが、この確率ならまず大丈夫でしょう」

サラサが微笑む。

僕と目が合い、

「あ……」

思わずお互いに視線を逸らしてしまった。

やっぱり、顔を合わせるのが照れくさい。

「よ、よし、サラサの武器『楽園を解き放つ聖なる剣《エリュシオンザッパー》』を選ぶよ……っ!」

照れ隠しのために、必要以上に大きな声で叫んでしまった。

「わあ、嬉しいですっ! これで私も本当の『仲間』になれるんですね!」

サラサはこっちを向いて、満面の笑みを浮かべる。

「勇者様と魂レベルで絆を結んだ、真のパートナーに……」

涙ぐんでいた。サラサ、そんなふうに感動してくれるなんて。なんだか、僕までもらい泣きしそうだ。

「じゃあ行くよ」

僕は勢いこんでガチャ石板を召喚した。

中央部にスリットがある。そこにチケットを差しこむと、
おおおおおおおお……んっ。

石板全体が鳴動を始めた。チケットによる特別なガチャってことだろうか。

武器の一覧がずらりと表示されたので、僕はサラサを『仲間』にできる天界武器《ヘブンズウェポン》『楽園を解き放つ聖なる剣《エリュシオンザッパー》』を選んで、タップした。

扉が開き、宝珠が現れ、輝きとともに砕け散る。

「おお!」

「これは――」

「やったね、サラサちゃん」

「めでたしめでたし、だな」

「ん？　ちょっと待ってください、もしかして、これ――」

僕らの声が唱和し、いつものエフェクトの後、それは出現した。


………………………………ひのきの棒が。


「お、お……ぅ」

まさか、ここで0・02％を引き当てるとは。

「……勇者様ぁ」

「ま、まあ、これからもチャンスはあるよ、そのうち、たぶん、きっと！」

ウルウルするサラサを、僕は懸命に慰める。

ガチャ運に相変わらず見放されてる僕らの明日はどっちだ――

《了》

あとがき

はじめまして、天草白と申します。

このたびは、ブレイブ文庫さんの創刊第二弾として「ガチャ運ゼロの最強勇者」一巻を出版させていただきました。

内容はタイトルそのままに、無料ガチャの能力を手に入れた主人公の少年が、最高レア武器を手に入れようとガチャを引いて引いて引きまくるドタバタコメディ……という感じです。

作中の舞台はファンタジー世界ではありますが、実際のソシャゲなどの「ガチャあるある」な感じを盛りこんでみました。

最高レアなんてなかなか出ませんよね。NやRなら山ほど出るんですが（遠い目）。

かと思えば、諦めかけたり、無心で引いたときにポンと出ることもあったり。そして、さらに深みにはまっていくのです……（また遠い目）

ちなみに、本作のガチャでは『特定の武器を引くと、一緒に人物が召喚される』『クエストをこなすとその人物が仲間になる』という設定があります。この辺はソシャゲRPGっぽい雰囲気で読んでいただければ。

目当てのキャラを得たくてガチャを引き、結局何も出なかった……なんてのもガチャあるあるかもしれません。

そういった『ガチャに関するあれやこれや、悲喜こもごも』をテーマにした、ソシャゲRPG風味の物語をお楽しみいただけましたら幸いです。

またコメディ部分だけでなく、時にはバトルしたり、いちゃいちゃラブコメもあったりしますので、その辺もぜひ。

そんな物語を、ぴず先生の素敵なイラストが彩ってくれます。作者もキャラデザインやイラストラフが一枚上がってくるたびに心躍らせながら執筆することができました。可愛く美麗な表紙や口絵、挿絵などをぜひご堪能くださいませ！

では紙面も尽きてきたので、謝辞に移りたいと思います。

本作の執筆のお誘いをいただいた一二三書房編集部様、また企画段階より様々なアドバイスをくださった担当編集のK様、並びに、とても可愛くとても素敵なイラストの数々を描いてくださったぴず先生、さらに本書が出版されるまでに携わってくださった、すべての方々に感謝を捧げます。

もちろん本書をお読みいただいた、すべての方々にも……ありがとうございました。

それでは、次巻でまた皆様とお会いできることを祈って。

二〇一八年五月下旬　天草白

BRAVENOVEL
ブレイブ文庫

ガチャ運ゼロの最強勇者

2018年5月28日　初版第一刷発行

著　者　　天草白

発行人　　長谷川　洋

発行・発売　　株式会社一二三書房
〒102-0072
東京都千代田区飯田橋2-14-2雄邦ビル
03-3265-1881

印刷所　　中央精版印刷株式会社

■作品の感想、ファンレターをお待ちしております。

■本書の不良・交換については、電話またはメールにてご連絡ください。
一二三書房　カスタマー担当　Tel.03-3265-1881
（営業時間：土日祝日・年末年始を除く、10:00～17:00）
メールアドレス：store@hifumi.co.jp

Printed in japan.
ISBN 978-4-89199-502-7